रस्किन बॉन्ड

1934 में कसौली, हिमाचल प्रदेश में जन्मे रस्किन बॉन्ड भारत के जाने-माने लेखक हैं। उनका बचपन जामनगर, देहरादून और शिमला में बीता। अब तक उन्होंने सौ से अधिक कहानियाँ, निबन्ध, उपन्यास और तीस से अधिक पुस्तकें बच्चों के लिए लिखी हैं। उनकी पुस्तकों में जहाँ एक ओर बचपन का अल्हड़पन, शरारत और मासूमियत झलकती है वहीं दूसरी ओर हिमालय के प्राकृतिक सौंदर्य से परिपूर्ण वादियों की तस्वीर देखने को मिलती है। रस्किन बॉन्ड मसूरी के पास स्थित लैनडोर में रहते हैं और उनका पूरा समय लेखन को समर्पित है।

1993 में उन्हें साहित्य अकादमी पुरस्कार, 1999 में पद्मश्री तथा 2014 में पद्मभूषण सम्मान से अलंकृत किया गया।

मुट्ठी भर यादें

रस्किन बॉन्ड

राजपाल

अनुवाद

रचना भोला 'यामिनी'

₹ 185

ISBN : 9789386534583

प्रथम संस्करण : 2018, तीसरा संस्करण : 2023

MUTTHI BHAR YADEIN (Novel) by Ruskin Bond

(Hindi edition of *A Handful of Nuts*

first published in English in 2009 by Penguin Random House India)

मुद्रक : जी.एस. ऑफसेट, दिल्ली

राजपाल एण्ड सन्ज़

1590, मदरसा रोड, कश्मीरी गेट, दिल्ली-110006

फोन : 011-23869812, 23865483, 23867791

e-mail : sales@rajpalpublishing.com

www.rajpalpublishing.com

www.facebook.com/rajpalandsons

भूमिका

भले ही मैंने इसे साठ वर्ष की आयु में लिखा, पर मुट्ठी भर यादें, उस समय से जुड़ी हैं जब मैं इक्कीस साल का था, एक ऐसी उम्र जो हम सबके लिए बहुत खास होती है। यह वह उम्र होती है जब हमें अपने ही स्वभाव से समझौते करने पड़ते हैं, अगर हमें अपने हाथों चुनी हुई राह पर जीवन की लम्बी यात्रा में आने वाली कठिनाइयों के बीच बने रहना हो तो समझौते करना ज़रूरी हो जाता है।

मेरे लिए इक्कीसवाँ बरस अपने-आप में बहुत खास था। मेरी पहली किताब छप चुकी थी; मैं उम्मीद और आशा के बीच; हर तरह का खतरा मोल लेने को तैयार था; और खुद को एक महान प्रेमी के तौर पर देखता था, जैसा कि हम सभी इस उम्र में करते हैं। अब मेरा मानना है कि महान प्रेमी बनाए नहीं जाते, वे जन्मजात होते हैं।

ज्यों-ज्यों मैं बड़ा होता गया, ज़िन्दगी और अनूठी होती गयी, और मैंने पाया कि मैं किसी रोमानी हीरो के मुकाबले एक जोकर का रोल बेहतर तरीके से निभा सकता था। इक्कीस बरस की उम्र में हम सभी एक रोमानी नायक या नायिका की भूमिका निभाना चाहते हैं, अक्सर इसके नतीजे बहुत भयंकर होते हैं। यह एक अटपटी-सी लगने वाली उम्र है। आपको इससे पार उतरने के लिए एक अच्छी फिगर या पैसे की ज़रूरत पड़ती है, और मेरे पास दोनों में से कुछ भी नहीं था।

मैंने सर्दियों के मौसम के दौरान, साढ़े तीन महीनों में *ए हैंडफुल ऑफ़ नट्स* (मुट्ठी भर यादें) लिखी, जब बर्फ़ीली हवाओं और कभी-कभार आने वाले बर्फ़ीले तूफ़ानों ने मुझे मेरे ही पहाड़ी घर में बन्दी बना दिया था। मैं अपनी जवानी के जोशीले और सुस्त गर्म दिनों की याद में तड़प रहा था और इस छोटे

उपन्यास में, मैंने उसी समय और स्थान की कुछ यादों को संजोने की कोशिश की है। मेहरबानी करके इसे मेरी आत्मकथा न मानें। इसमें से कुछ लोग, जगह और घटनाएँ भले ही असली हों; पर कुछ मेरी कल्पना की उपज हैं। कहते हैं कि एक अच्छा किस्सेबाज़ वही है जिसकी याद्दाश्त बहुत अच्छी हो और वह यह उम्मीद करता है कि दूसरों की याद्दाश्त अच्छी नहीं होगी! मैं नहीं मानता कि मेरी याद्दाश्त दूसरों से कहीं अच्छी है, पर यह चुनने लायक है, जैसा कि लेखक को होना चाहिए, और अगर फिर भी मैंने इस उपन्यास में कुछ अहम दोस्तों को नज़रन्दाज़ किया है, तो वह इसलिए ही कि उनके बारे में किसी दूसरी कहानी में ज़िक्र हो सके।

यह एक छोटा उपन्यास है, एक ऐसी शैली जो मेरे मिज़ाज और स्टाइल से मेल खाती है। केवल फ्रेंच (कभी-कभार अमेरिकी भी) ही छोटे उपन्यासों के साथ न्याय कर पाए हैं। अंग्रेज़ हमेशा लम्बे उपन्यासों को पसन्द करते आये हैं, अंग्रेज़ प्रकाशक इस उपन्यास की ओर देखेंगे तक नहीं; उन्हें अपना पैसा वसूल उपन्यास चाहिए। पर छोटे उपन्यास अपनी किफ़ायती विषय सामग्री और विचार की समानता के साथ, अपना ही स्थान रखते आये हैं, जैसे आप अंग्रेज़ी लेखक जोसेफ़ कोनार्ड के *हार्ट ऑफ़ डार्कनेस, द शैडो-लाइन, यूथ* और *द निगर ऑफ़ नारिसस* में देख सकते हैं। परन्तु वे अंग्रेज़ी के स्तंभ लेखन रहे।

इस उपन्यास में मैंने अपना वही बेअदब तरीका कायम रखा; इसमें मैं एक ऐसे लेखक के तौर पर सामने आता हूँ, जो संवेदनशील और कभी-कभार नटखट जवान छोकरे-सा दिखता है। या फिर कहीं-कहीं नटखट बुज़ुर्ग लेखक भी झलकता है जो अपनी मासूम जवानी के दिनों की यादें दोहरा रहा है! अगर इस कहानी का कोई साहित्यिक पूर्वज है, तो वह लेखक स्टर्नीज़ की पुस्तक *सेंटीमेंटल जर्नी* है।

— रस्किन बॉन्ड

लैण्डोर
मार्च 2009

यह कमरा छत पर नहीं था, पर इस बड़े से कमरे के आगे एक बालकनी और पीछे की ओर छोटा-सा बरामदा था। एक पुराने शॉपिंग कॉम्प्लैक्स के पहले तल पर, जिसे आज भी एस्टले हॉल के नाम से जाना जाता है, यह शहर की मेन रोड की ओर पड़ता था। एक दीवार से घिरा रास्ता, इसे सड़क के फ़ुटपाथ से अलग करता था। इमारत के बाहर एक नीम का पेड़ खड़ा था और बारिश के शुरुआती दिनों में, जब निंबौरियाँ झरकर, पैरों तले कुचली जातीं, तो उनसे एक अलग सी तीखी गंध आती थी, जिसे मैं कभी भुला नहीं सकता।

मैंने वह कमरा प्रतिमाह पैंतीस रुपये के किफ़ायती भाड़े पर, एक लम्बी-चौड़ी पंजाबी विधवा से लिया था, जो घर के निचले हिस्से में एक प्रोविज़न स्टोर चलाती थी। उसके यहाँ दाल, चावल, मसाले और राशन का दूसरा सामान मिलता था पर मैं अपने लिए कुकिंग नहीं कर पाता था क्योंकि उसके लिए

समय नहीं मिलता था इसलिए अक्सर हल्का-फुल्का पेट भरने के लिए सामने की दुकान से दो समोसे या वैज पैटी खा आता। जब भी किसी कहानी के लिए अच्छे पैसे हाथ आते, तो मैं एक स्लाइस हैम और डबलरोटी के टुकड़े के साथ अपनी दावत करता और खुद अपने हाथों हैम सैंडविच तैयार करके खाता। अगर जय शंकर या विलियम मेथसन जैसे दोस्तों में से कोई साथ होता, तो वे उन्हें झट से चटकर जाते।

मुझे नहीं लगता कि मैं कभी भूखा रहा होऊँगा, पर यह तो तय था कि मैं कम वज़न वाले मरियल दिखने वाले लोगों में से था। मैं अनियमित तौर पर सस्ते ढाबों और रेस्तराँ में अपना पेट भरता और अक्सर पेट की गड़बड़ी से परेशान रहता। इंग्लैंड में बिताये चार वर्ष भी मेरे तौर-तरीकों में कोई बदलाव नहीं ला सके क्योंकि वहाँ भी मैं अधिकतर वही खाकर ज़िन्दा रहा, जो स्नैक-बार्स के काउंटरों पर मिलता था—अक्सर टोस्ट पर बेक्ड बींस ही मेरा सहारा बनते।

ब्लॉक के कोने में, ओरियंट सिनेमा के पास, 'कोमल' नामक रेस्तराँ था जिसे एक गोल-मटोल सिख सज्जन चलाते थे, जो खिड़की के पास वाली सीट से कभी नहीं हटते थे। वहाँ मुझे दो या तीन रुपये में दाल, चावल और वैज करी के साथ भरपेट खाना मिल जाया करता।

इसके अलावा कुछ और लोग भी रोज़ आनेवालों में से थे—एक कॉलेज टीचर, दो सेल्समैन और कभी-कभार ऐसे लोग भी आ जाते जो अपनी टिकट ले कर शो शुरू होने के इन्तज़ार में रहते। विलियम और जय इस जगह मेरे साथ नहीं आते थे, क्योंकि यह उनकी हैसियत के हिसाब से थोड़ी हल्की थी (विलियम स्विस था और जय दून स्कूल से पढ़ा हुआ था।); वहाँ बच्चे या छात्र बहुत ज़्यादा नहीं आते थे। वह निम्न मध्यम-वर्गीय जगह थी; जो उन पेशेवर मर्दों के लिए थी जो अकेले रह रहे थे और शहर में अपना पेट भरने की मजबूरी में वहाँ आते थे। वहाँ मुझे कोई तंग नहीं करता था। वैसे भी यह कई तरह से फ़ायदेमंद जगह थी, वहीं पास में एक न्यूज-स्टैंड था मैं अपना खाना आने तक कोई अख़बार या पत्रिका खरीद कर, उसे खंगाल लेता था। मैंने तय कर लिया था कि लेखन को ही अपना रोज़गार बनाऊँगा इसलिए देहरा तक आने वाले

हर अंग्रेज़ी प्रकाशन को पढ़ना मेरा फ़र्ज़ बनता था और तंकरीबन सारे प्रकाशन देहरा तक आते थे, मैं देखना चाहता था कि उनमें से छोटी कहानियाँ कौन छापता था। बड़े आश्चर्य की बात थी, बहुत भारी संख्या में पत्रिकाएँ छोटी कहानियाँ प्रकाशित करती थीं; परेशानी यह थी कि वे बहुत अच्छा भुगतान नहीं देती थीं, औसतन एक कहानी लिखने के लिए पच्चीस रुपये मिलते थे।

इस तरह एक महीने में दस कहानियाँ छपतीं तो मुझे ढाई सौ रुपये मिलते- जो मेरा खर्च चलाने के लिए बहुत थे!

कोमल के रेस्तराँ में खाना खाने के बाद, मैं बाज़ार में ऊपरी हिस्से की ओर इंडियाना जाता ताकि एक कप कॉफ़ी पी सकूँ, वहाँ इतना ही खर्च मेरे बस में था। इंडियाना बढ़िया जगह थी। शाम के समय थ्री-पीस बैंड रहता, और अगर आपके पास कोई साथी हो तो आप नाच भी सकते थे, हालाँकि दूसरे विश्व युद्ध के बाद गाल से गाल सटा कर नाचने का ज़माना भी जा चुका था। दोपहर से तीन बजे तक, गोवा से आकर देहरा में बसा हुआ, लैरी गोम्स, पियानो पर नये या पुराने तरानों की धुनें सुनाता।

वसन्त की उस सुबह में, बस एक या दो मेज़ भरे हुए थे—जिसमें ऐसे व्यवसायी शामिल थे, जो संगीत नहीं सुन रहे थे—इसलिए लैरी मेरे लिए कुछ पुरानी धुनें बजाने लगा जैसे 'सैप्टैम्बर सॉन्ग' और 'आई विल सी यू अगेन'। बीस वर्ष की आयु के हिसाब से मैं कुछ ज़्यादा ही पुराने चलन का था। लैरी को एक महीने में तीन सौ रुपये और दोपहर का भोजन मुफ़्त मिलता था इसलिए वह मुझसे थोड़ी बेहतर स्थिति में था। थोड़ी ही दूरी पर उसके पिता की म्यूज़िक और रिकॉर्ड की दुकान थी।

जब मैं कॉफ़ी पीते हुए, अपने आर्थिक हालात का मन-ही-मन जायज़ा ले रहा था (जो कि उस समय थे नहीं, मेरी जेब खाली थी) तो उसी समय बड़ी-बड़ी आँखों वाली मगदौर की दौलतमंद महारानी और उसकी बेटी इन्दु ने होटल में कदम रखा। मैंने उठकर उसका स्वागत किया और उसने बड़ी ही दरियादिली से एक मुस्कान दी।

वह जानती थी कि लगभग पाँच साल पहले, जब मैं स्कूल के आखिरी साल में था, तो मेरा दिल उसकी बेटी पर आ गया था। उसने एकाध बार मेरा

प्रेमपत्र भी पकड़े थे पर इस बारे में वह थोड़ी उदार निकली और उसने बताया था कि मैं अच्छे प्रेमपत्र लिख लेता था। अब उसे पता था कि मैं पत्रिकाओं में कहानियाँ लिख रहा था, और वह बोली, "हमने पिछले सप्ताह *वीकली* में तुम्हारी कहानी पढ़ी। वह बहुत बढ़िया थी, मैंने कहा था न कि तुम एक अच्छे लेखक बनोगे?" मैंने लजाते हुए धन्यवाद दिया, इन्दु के चेहरे पर नटखट-सी मुस्कान थी। वह अभी कॉलेज में ही थी।

"किसी दिन हमसे मिलने आना," महारानी ने कहा और अपने शाही अन्दाज़ में आगे बढ़ गयी। पतली-दुबली नीली पोशाक में सजी इन्दु किसी तितली से कम नहीं दिख रही थी; नाज़ुक और मुलायम, आप उसे छूने के बारे में सोचें, उससे पहले ही कहीं दूर उड़ जाने वाली तितली सी!

वे दोनों कोने वाली मेज़ पर जा बैठीं और मैं मेज़पोश पर लगे कॉफ़ी के धब्बों पर दोबारा मनन करने में जुट गया। बेशक, ये कॉफ़ी मेरे हाथों ही मेज़पोश पर छलकी थी।

लैरी ने मेरी उलझन भांप ली और यही वजह थी कि वह एक ऐसी धुन बजाने लगा जिसे बस इन्दु की माँ ही पहचान सकती थी: 'आई किस यूअर लिटल बैंड्स, मादाम, आई लॉन्ग टू किस यूअर लिप्स..।'

जब मैं बाहर जाने लगा तो लैरी ने मुझे देखकर आँख दबाई। मैंने कहा, 'अगली बार मैं तुम्हें टिप दूँगा।'

लैरी बोला, 'उसे वेटर के लिए सँभाल कर रखो।'

अप्रैल की कड़कती धूप में बहुत ताप था और मैं मन-ही-मन यही सोचकर कमरे की ओर बढ़ा कि काश, मेरे पास एक पंखा होता।

देह से सारे कपड़े उतार कर कच्छे-बनियान में आ गया और लेट कर छत को घूरने लगा। छत मुझे घूर रही थी। मैंने करवट बदली और बालकनी के बाहर से झाँकते नीम के पेड़ के पत्तों को देखा। वे एकदम थिर थे। दूर-दूर तक हवा का कोई नामोनिशान तक नहीं था।

मैं ऊँघने लगा और सपने में अपनी शहज़ादी को देखा, उसकी गहरी काली आँखें और गालों पर दूधिया चाँदनी। मैंने सपने में देखा कि मैं उसके साथ चंद्रमा की रोशनी में नहाए ताल में नहा रहा हूँ, सोने और चाँदी के रंगों

वाली छोटी मछलियाँ और सीपियाँ हमारी जाँघों के बीच फिसलती जा रही हैं। मैंने उसकी देह को ताल के ताज़े पानी से नहलाने के बाद एक गुड़हल का फूल उसकी सुनहरी छातियों के बीच और कानों के पीछे लगा दिया। मैं उसके मोह में ऐसा मग्न हुआ कि उसे अपनी बाँहों में भरना चाहा, पर तभी पता चला कि वह तो रूपहले शल्कों वाली मछली में बदल चुकी थी।

मैंने आँखें खोलीं तो सामने सीताराम खड़ा दिखाई दिया, धोबी का बेटा, मेरे पलंग के पायताने बैठा था।

सीताराम कोई सोलह बरस का रहा होगा, लम्बे हाथ, पैर और कानों वाली दुबली देह। उसके होंठ बहुत कामुक थे। जवानी की ओर तेज़ कदमों से चलता एक नौजवान, मुझे उससे बड़ी खीझ होती थी, पर वह पिछवाड़े बने क्वार्टर्स में अपने माँ-बाप के साथ रहता था, इसलिए उससे बचने का कोई उपाय नहीं था।

"तुम अन्दर कैसे आये?" मैंने रूखाई से पूछा

"दरवाज़ा खुला था।"

"इसका मतलब यह थोड़े ही हुआ कि तुम मुँह उठाए सीधा भीतर आ जाओगे। क्या चाहिए तुम्हें?"

"क्या आपके पास कोई मैले कपड़े हैं जिन्हें धोना हो? मेरे बापू ने पूछा है।"

"मैं अपने कपड़े खुद ही धो लेता हूँ।"

"और चादरें?" उसने उस चादर का मुआयना किया जिस पर मैं लेटा हुआ था। "आप अपनी चादर नहीं धोते? कितनी मैली हो रही है।"

"मेरे पास यही एक चादर है। चलो, अब तुम जाओ।"

पर वह पहले ही मेरे नीचे से चादर खींच चुका था। "मैं इसे आपको मुफ़्त में धो दूँगा। आप अच्छे इन्सान हैं। माँ कहती है कि आप बड़े ही भोले और सीधे-सादे बन्दे हो।"

"मैं सीधा-सादा नहीं हूँ। चादर वापस करो।"

"मैं आपको और ला देता हूँ। और वह भी मुफ़्त में उधार दूँगा। हमारे पास रोज़ धुलने के लिए ढेरों चादरें आती हैं। कल ही अस्पताल से छह चादरें आयी हैं। कुछ लोग बस दुर्घटना में मारे गये।"

"तुम कहना चाहते हो कि उन चादरों को मुर्दाघर से लाया गया—उनसे लाशें ढकी गयी थीं? मुझे मुर्दाघर वाली चादर नहीं चाहिए।"

"पर वे तो बिलकुल साफ़ हैं। आपको पता है, लाशों पर खटमल नहीं रह सकते। उन्हें ताज़ा खून पसन्द आता है।"

वह मेरी चादर लेकर निकल गया और पाँच ही मिनट में एक ताज़ी धुली और प्रेस की हुई चादर के साथ हाज़िर था।

"चिंता मत करो," वह बोला, "यह अस्पताल की नहीं है।"

"तो यह कहाँ से आयी है?"

"यह इंडियाना होटलवालों की है। मैं उन्हें इसके बदले अस्पतालवाली चादर दे दूँगा।"

बगीचे चंद्रमा की रोशनी में नहाए हुए थे। मैं देहरा की संकरी पुरानी सड़कों पर टहल रहा था और मैं महारानी के घर के पास रुका और निचली दीवार की ओर देखने लगा। कुछ कमरों में अब भी लाइट जलती दिखाई दे रही थी। मैंने कुछ देर इन्तज़ार किया और तभी इन्दु को एक खिड़की के पास आता देखा। उसके हाथ में किताब थी और मैंने अन्दाज़ा लगाया कि वह उसे पढ़ रही होगी। हो सकता है, अगर मैं उसे कोई कविता भेजूँ तो वह उसे भी पढ़े। एक कुँवारे गुलाब की कली पर कविता।

पर इससे मुझे पैसा थोड़े मिलने वाला था।

मैं चलते हुए बाज़ार की ओर आ गया, सिनेमा हॉल्स की चमकीली रोशनियाँ और खाने-पीने के लिए छोटे ढाबे। अभी आठ ही बजे थे। सड़कों पर अब भी भीड़ थी। इन दिनों तो बहुत ट्रैफिक हो गया है, तब केवल लोगों की

भीड़ हुआ करती थी। और आप लगातार लोगों से टकराया करते, कुछ आपके जानकार होते—और उनमें से कुछ को आप नहीं जानते थे...

मैं सबसे सेक्सी भारतीय अदाकारा निम्मी का पोस्टर देख रहा था, जब अचानक कन्धे पर एक हाथ आया। मुड़कर देखा तो जय शंकर खड़ा था, वह दून स्कूल का जीनियस था, जिसके पिता न्यू एंपायर सिनेमा के मालिक थे।

''जलेबी, रस्किन, जलेबियाँ,'' वह गुनगुनाया। वैसे तो वह खाते-पीते घर से था, पर उसकी जेब हमेशा खाली रहती थी। और बेशक किसी अमीर की तुलना में, किसी गरीब आदमी से उधार लेना कहीं आसान होता है! मैं सोचने लगा, 'ऐसा क्यों होता है?' मिसाल के तौर पर विलियम मेथसन को ही लें, वह पॉश बोर्डिंग हाउस में रहता था, पर हमेशा मुझसे उधार लिया करता ताकि अपनी लाउंड्री का बिल भर सके, या चारमीनार सिगरेटों का खर्च पूरा कर सके : उनके बिना तो वह बुरी तरह से घबराने लगता था। और जय शंकर की सारी कहानी जलेबियों पर अटकती थी...

''मुझे कई सप्ताह से कोई चैक नहीं मिला,'' मैंने कहा।

''उस कहानी का क्या हुआ, जो तुम बीबीसी के लिए लिख रहे थे?''

''वह तो बस अभी भेजी ही है।''

''और वह जो उपन्यास लिख रहे थे?''

''उसे तो अब भी लिख रहा हूँ।''

''जलेबियाँ तो मुश्किल से दो रुपयों की आयेंगी।''

''ओह, चलो, ठीक है...।''

जय शंकर ने पेट भरकर जलेबियाँ ठूँसीं और मैंने समोसे से भूख मिटाई। जय कलाकार, कवि और डायरी लेखक बनना चाहता था, जैसे आंद्रे गीड (Andre Gide), और उसने मुझे उनकी लिखी, *फ्रूट्स ऑफ़ अर्थ* की प्रति भी भेंट की थी ताकि मुझे भी उसी दिशा में प्रभावित किया जा सके। आज चालीस वर्ष बाद भी, वह किताब मेरे पास ही है, उसकी मकड़े जैसी टेढ़ी-मेढ़ी लिखावट में, शीर्षक पर बने नृत्यरत देवदूत के पास लिखा है, 'हमारी प्रिय पुस्तकें हमारे सपनों से कहीं अधिक समय तक बनी रहती हैं...'

इसमें कोई शक नहीं, जय को जलेबियाँ खिलाने के बाद मुझे उसे घर

छोड़ कर आना पड़ता था। अगर उसे मैं न मिलता तो कोई दूसरा उसे उसके घर पहुँचा कर आता। उसे अँधेरा होने के बाद, अपने घर की ओर जाने वाली उस संकरी गली से अकेले जाने में बहुत डर लगता था। वहाँ बत्तियाँ नहीं थीं और नीम, आम व पीपल के पेड़ों के साथ वह जगह किसी नर्क जैसी मनहूस दिखती थी। कहते हैं कि उसी गली में एक औरत, आम के पेड़ पर झूल गयी थी और जय हमेशा इसी डर में रहता था कि कहीं उसे पेड़ पर लटकती औरत की लाश न दिख जाये।

वह अपने साथ हमेशा एक पॉकेट टॉर्च रखता था और उसे छोड़कर मुझे यूँ ही वापस आना पड़ता था क्योंकि दुनिया की कोई ऐसी ताकत नहीं थी जो उसे उस टॉर्च से जुदा कर सके। उसके घर से लौटते हुए, मैं एक दूसरे सहयात्री से टकरा गया, जो किसी के घर की खिड़की से आती धीमी रोशनी या चाँद से छनकर आ रही चाँदनी में, लड़खड़ाते हुए गली पार कर रहा था।

बस अंधा ही दीपक लेकर निकलता है।

"और तुम्हें रोशनी की क्या ज़रूरत होती है?" हम उससे पूछते।

"ताकि मूर्ख मुझसे अँधेरे में न टकरा जायें।"

पर मुझे टॉर्च की परवाह नहीं थी। मैंने खुद को सिखा दिया था कि रात को जैसी भी रोशनी मिले, उससे ही काम चलाया जा सके—जैसे चंद्रमा की रोशनी, चाहे वह पूरा हो या आधा; तारों की रोशनी; सड़क के लैंपों से आने वाली रोशनी; खिड़कियों से; अधखुले किवाड़ों से। रात खूबसूरत है और कारों की तेज रोशनियाँ इसे बदसूरत बना रही हैं।

जब मैं घर में वापस आया, तो दुकानें बन्द हो गयी थीं और सीताराम के क्वार्टर की बत्ती ही जल रही थी। उसके माँ-बाप आपस में भिड़ रहे थे और उन्हें सारा पड़ोस आराम से सुन सकता था। हमेशा यही होता था। पति शराब पीकर आता और गालियाँ बकता; वह उसके लिए दरवाज़ा खोलने से इनकार कर देती, उसे कहती है कि जाकर किसी रखैल या फिर गधे के साथ रात बिताए। कुछ देर बाद वह अँधेरे में वापस चला जाता।

मेरे पास कमरे में लाइट नहीं थी क्योंकि मकान मालकिन ने पिछले छह महीने से बिजली का बिल भरने में कोई दिलचस्पी नहीं ली थी। पर मुझे इसकी

कमी नहीं खलती थी। हाँ, कभी-कभी लगता था कि काश, गर्मी के मौसम में बिजली का एक पंखा होता।

इस बात का यह भी मतलब था कि अगर बालकनी में पूरा चाँद न उतरा हो तो मैं कुछ लिखने या टाइप करने का काम नहीं कर सकता था। पर मैं हमेशा किसी-न-किसी तरह सफ़ेद कागज़ पर कविता की कुछ पंक्तियाँ उकेर ही लेता था।

This sheet of paper is my garden
These words my flowers
I do not ask a miracle this night
Other than you besides me in the bright moonlight
Naked, entwined like the flowering vine...

(कागज़ ही मेरा बगीचा है। ये शब्द ही मेरे फूल। मैं रात को इस करिश्मे के सिवा कुछ नहीं चाहता कि तुम इस चाँदनी के बीच मुझसे किसी पुष्प लता सी निर्वस्त्र लिपटी हो।)

और मैं यहीं आकर अटक जाता। 'सेप्टेम्बर साँग' की आखिरी लाइन 'एंड वी क्लिंग टू ईच अदर फ़ॉर ए लॉन्ग लॉन्ग टाइम...' मुझे हमेशा उलझा देती, यह भी एक वजह थी कि मैं कभी कवि नहीं बन सका।

एंड वी क्लिंग टू इच अदर फ़ॉर ए लॉग, लॉग टाइम ..'

किसी भी हाल में, मैं इसे इन्दु को नहीं भेज सकता था, उसकी माँ उस खत को पहले पढ़ती। उसकी बेटी मुझसे फूलों वाली किसी लता की तरह चिपट जाये, शायद यह बात महारानी को पसन्द न आती।

मुझे अपनी भावनाएँ इन्दु तक पहुँचाने के लिए कुछ और सादे तरीके खोजने होंगे।

शहर में खलबली-सी थी। ब्रिटिश फ़िल्म एक्टर स्टीवर्ट ग्रेंजर शहर में था। स्टीवर्ट ग्रेंजर देहरादून में? कभी-कभार कोई इक्का-दुक्का बम्बईया फ़िल्मी सितारा भले ही आ जाये, पर पहली बार हम एक विदेशी कलाकार को अपने शहर में देख रहे थे। हम सभी जानते थे कि वह कैसा दिखाई देता था क्योंकि ओडियन और ओरियंट सिनेमा मूक फ़िल्मों के ज़माने से ही ब्रिटिश और अमेरिकी फ़िल्में दिखाते आ रहे थे। वे अब भी कभी-कभी 'साइलेंट' मूवीज़ दिखाते थे, क्योंकि उनके साउंड सिस्टम बहुत पुराने हो चुके थे और प्रोजेक्टर्स भी ज़बरदस्त खड़खड़ाहट करते थे, जिससे संवाद सुनाई ही नहीं देता था। इससे कोई अन्तर नहीं पड़ता था यदि फ़िल्म में जॉन वेन या फिर स्टीवर्ट ग्रिंजर को दिखाया जा रहा हो क्योंकि हमें पहले से उनके डायलॉग का अन्दाज़ा रहता था,

पर अगर आप नेल्सन एडी को फ़िल्म एट द बालालाइका में सुनना चाहते या फ़िल्म अभिनेता होप या क्रोसबी को आपस में फ़ब्तियाँ कसते सुनना चाहते, तो यह सम्भव नहीं हो पाता था।

हम सभी इंडियाना के बाहर जमा हो चुके थे और इस बारे में अटकलें लगा रहे थे कि स्टीवर्ट ग्रिंजर का हमारे शहर में क्या काम हो सकता था। वह यहाँ क्या कर रहा था?

''कोई फ़िल्म बनाने आया होगा, और क्या,'' मैंने अनुमान लगाया।

वकील सुरेश माथुर ने टाँग अड़ाई, ''किसके बारे में, किसी लेखक ने देहरादून के बारे में नहीं लिखा। रस्किन यह सिर्फ़ तुमने लिखा और तुम्हें कोई नहीं पढ़ता। क्या किसी ने फ़िल्म बनाने के अधिकार खरीदे हैं?''

''नहीं, ऐसी किस्मत कहाँ! और वैसे भी हीरो सोलह साल का है और स्टीवर्ट अब छत्तीस साल का हो गया है।

''इससे कोई फ़र्क़ नहीं पड़ता। वे लोग कहानी बदल देंगे।''

''नहीं तो मैं मदद कर सकता हूँ।''

विलियम मेथसन के पास दूसरी कहानी थी।

''वह राजपुर में अपनी बूढ़ी आंटी से मिलने आया है।''

''हमें तो पता नहीं था कि राजपुर में उसकी कोई आंटी रहती है।''

''मुझे भी नहीं पता था। बस मैंने अन्दाज़ा लगाया है।''

''तुम और तुम्हारी थ्योरी। हम इंडियाना के मालिक से पूछ लेते हैं। स्टीवर्ट ग्रेंजर यहीं ठहरने वाला है, है न?''

इंडियाना के मिस्टर कपूर ने हमारे लिए ज्ञान के दरवाज़े खोलते हुए बताया। ''वे लोग एक शिकार पर आधारित मूवी बनाने के लिए जगह खोज रहे हैं। इसका नाम होगा, 'हैरी ब्लैक एंड द टाइगर'।''

''स्टीवर्ट एक ब्लैक आदमी का रोल प्ले करेगा?'' विलियम ने पूछा।

''नहीं, नहीं, यह तो एक अंग्रेज़ी सरनेम है।''

''अंग्रेज़ी भी निराली बोली है,'' विलियम ने कहा, जो फ्रेंच भाषा को सबसे बेहतर मानता था।

''हमारे इन जंगलों में टाइगर नहीं रहे,'' मैंने कहा।

"वे लोग सर्कस का टाइगर लाकर शूटिंग करेंगे," सुरेश बोला।

"उम्मीद करता हूँ कि वे उसे जंगल में ही खुला छोड़ेंगे। कहीं राजपुर की सड़कों पर न ले आयें," विलियम ने कहा।

"शायद टाउन हॉल में छोड़ दें, मज़ा आ जाये," सुरेश ने कहा, उसका हाउस टैक्स के चक्कर में नगरपालिका वालों के साथ पंगा चल रहा था।

~

स्टीवर्ट ग्रेंजर ने निराश नहीं किया।

दोपहर दो बजे के करीब, दिन के सबसे गर्म समय में, वह एक ओपन फोर्ड में आया। शरीर के ऊपरी हिस्से से बनियान और कमीज़ नदारद थे। वह दिखने में सुन्दर लग रहा था। उन्हीं दिनों वह 'भवानी जंक्शन' में अवा गार्डनर के साथ काम कर चुका था। सबने उसकी लुक्स की तारीफ़ की। वह इंडियाना के एक ठंडे आरामदेह कोने में जा बैठा और ठंडी बियर की बोतलें लगातार गटकने लगा। उसकी तारीफ़ों के पुल बाँधने लगे। लैरी गोम्स पियानो पर 'स्वीट रोज़ी ओ ग्रेडी' की धुन बजाने लगा, स्टीवर्ट, जो आइरिश नहीं था इसलिए उसने गोम्स को रोका और कहा कि वह कोई आधुनिक धुन सुनाए। लैरी ने उसे 'गुडनाइट आइरीन' सुनाई और अपनी तीसरी बियर गटकने के बाद, स्टीवर्ट उसके साथ थिरकने लगा। अगली ही मेज़ पर, मैं सुरेश और विलियम के साथ मौजूद था; हम उसकी गति के अनुसार बियर पीने की कोशिश में थे, इसके साथ ही हमने उसके सुर में सुर भी मिला दिया। देखते ही देखते पूरे रेस्तराँ में सब दीवानगी से मिलकर गाने लगे।

स्थानीय अखबार, द *दून क्रॉनिकल* के सम्पादक ने स्टार का इंटरव्यू लेना चाहा, पर उसे खास सफलता नहीं मिली। किसी ने उसे सूचना पूरी करने के लिए पब्लिसिटी शीट दे दी। उसमें लिखा था कि स्टीवर्ट का जन्म 1913 में हुआ, उसके बाल काले और आँखों का रंग भूरा था। उसकी आँखें अब भी भूरी थीं—पर सिर पर अब नकली बाल थे। उसमें लिखा था कि उसकी लम्बाई 6 फीट 2 इंच और उसका वज़न लगभग 88 किलो था। देह भरपूर गठीली थी। लिखा था कि वह अपनी जवानी में एक नर्व स्पेशलिस्ट बनना चाहता था। हमारी

नज़रों में उसके लिए आदर और भी बढ़ गया, हालाँकि हममें से किसी को भी पता नहीं था कि इन्सान नर्व स्पेशलिस्ट बनने के बाद करता क्या होगा।

''वी जस्ट गेट ऑन यूअर नर्व्स।'' पूछने पर मिस्टर ग्रेंगर ने यह जवाब दिया तो सभी दिल खोलकर हँसे।

उसने बड़े ही स्वाद से करी और राइस खाए, एक और बियर गटकी और इन्तज़ार में खड़ी कार की ओर चल दिया। कुछ बढ़िया मज़ाक और ठहाके, मुस्कानें और हाथ हिलाते हुए स्टार व उसका क़ाफ़िला पहाड़ों की तलहटी की ओर चला गया।

हमने बाद में सुना कि उन्होंने सुदूर दक्षिण भारत के मैसूर में फ़िल्म बनाने की योजना बना ली थी।

इसमें कोई शक नहीं कि वह फ़िल्म फ्लॉप रही। सॉरी स्टीवर्ट।

दो महीने बाद, यल ब्रायनर भी दून से निकला, पर उसके कारण इतनी गहमागहमी नहीं दिखी। हम फ़िल्मी सितारों के आदी हो चले थे। वैसे भी देहरा में उसकी फ़िल्में खास चलती भी नहीं थीं। उन्होंने इसे स्पेन में शूट किया। एक और फ्लॉप!

मैंने अपनी ज़िन्दगी के इक्कीसवें साल के बारे में लिखने का निर्णय क्यों लिया?

खैर, एक बात तो साफ़ है, अक्सर यह किसी भी नौजवान के जीवन का सबसे अहम साल होता है। प्यार में पड़ने का समय; अपने सपनों को साकार करने का समय; कुछ नया कर दिखाने; नये रास्ते बनाने का समय; ख़तरे मोल लेने; अपने बलबूते पर कुछ कर दिखाने और अपने स्टार के पीछे चलने का समय... और मेरे साथ भी ऐसा ही था।

मैं हाल ही में चार साल पश्चिम में बिता कर लौटा था; मुझे लंदन में अपने पहले उपन्यास के लिए प्रकाशक मिल गया था; मैं नये क्षेत्रों और बहादुरी के लिए मिलने वाले पुरस्कारों की तलाश में था; मैं साबित कर देना चाहता था

कि मैं भारत के एक छोटे शहर, अपने गृह नगर को आधार बनाकर, एक लेखक के तौर पर नाम कमा सकता था, जिसके लिए मुझे लंदन, पेरिस या न्यूयॉर्क जाकर रहने की ज़रूरत नहीं थी।

दो ही सप्ताह बाद, मेरा इक्कीसवाँ जन्मदिन आने वाला था, और मुझे उसके बारे में सोचकर बहुत अच्छा लग रहा था।

मैंने किसी को इसके बारे में बता दिया था—शायद सुरेश माथुर को—और इससे पहले कि मैं स्वयं दूसरों को इस बारे में बताता, खबर फैल चुकी थी और यह तय था कि अब इसकी पार्टी दिए बिना बात नहीं बनेगी। किसी भी इन्सान के जीवन में इक्कीसवाँ साल बहुत मायने रखता है, भई! सच कहूँ तो मैं कुछ खास जवानी महसूस नहीं कर रहा था। 'कोमल' का गरिष्ठ भोजन, तेल में तैरते व्यंजन अपना असर दिखाने लगे थे और मेरा ज़्यादातर वक्त खाए हुए को निकालने में ज़ाया हो रहा था, समझ गये न आप?

जब मैं फ्लैट पर वापस आया तो सीताराम मेरे पलंग के पायताने पर आ बैठा और मेरी सेहत के लिए अपनी चिंता ज़ाहिर की। मेरे अन्दर इतनी ताकत नहीं बची थी कि उसे खदेड़ सकूँ।

"बस थोड़ा पेट खराब है। ठीक हो जायेगा। तुम जाओ।"

"मैं आपके लिए दही लाता हूँ—जब दस्त लगे हों तो इसे खाने से पेट को बहुत आराम आता है—यह दस्त रोकने में माहिर है।"

"मैं कोई दवा ले लूँगा।"

"दवाइयाँ लेना बेकार है। दही खाओ।"

जब यह देखा कि वह काफ़ी गम्भीर है तो मैंने उसे दो रुपये दे दिए। वह हवा हो गया और दस मिनट बाद ही दही के कटोरे के साथ हाज़िर हुआ। दही बहुत ताज़ा था, खाकर थोड़ा सुकून मिला और उसने वादा किया कि वह शाम को थोड़ा दही और ला देगा। फिर वह बोला, "तो फिर आप इक्कीस साल के होने वाले हो, बड़ी दावत होगी!"

"तुम्हें कैसे पता चला?" मैंने पूछा, क्योंकि मैंने तो उसके आगे ज़िक्र नहीं किया था।

"सीताराम सब जानता है!"

"तुम्हें कैसे पता चला, बताओ न?"

"जब मैं इंडियाना में, मैले मेज़पोश धोने के लिए उतार रहा था तो उन लोगों को बात करते हुए सुना। क्या आप इंडियाना में दावत करोगे?"

"नहीं, नहीं, मैं इतना खर्च नहीं उठा सकता।"

"तब यहीं कर लें, मैं मदद कर दूँगा।"

"देखते हैं..."

"चाय की पार्टी में कितने लोगों का न्यौता रहेगा?"

"पता नहीं? उनमें से ज़्यादातर बियर पीना चाहते हैं—यह महँगी पड़ती है।"

"उन्हें कच्ची पिला दो। पुलिस लाइन के पीछे, हमारे गाँव में बनती है। मैं पीपा भर के ला दूँगा। यह सस्ती और तेज़ होती है। बिग नशा!"

"तुम कैसे जानते हो? पीते हो क्या?"

"मैं हाथ नहीं लगाता। मेरा बापू ही सबकी कमी पूरी कर देता है।"

"पर मैं अपने मेहमानों को यह नहीं पिला सकता।"

"कौन-कौन आयेंगे?"

मैंने मन-ही-मन अपने सम्भावित मेहमानों की सूची बनाई। जलेबियाँ और बियर चाहने वाला जय शंकर होगा, हालाँकि यह मेल अपने-आप में बड़ा ही अरुचिकर है! और विलियम मेथसन को चाहिए फ्रेंच टोस्ट (क्या ये फ्रेंच टोस्ट, फ्रेंच लोग खाते भी होंगे? नाम तो सुनने में अंग्रेज़ी लगता है।) और सुरेश माथुर बियर से कुछ ज़्यादा स्ट्रॉन्ग चढ़ाना चाहेगा। (दो व्हिस्की के बाद वह दावा करता है कि उसने चौथे आयाम का पता लगा लिया है।) और दिलाराम बाज़ार से मेरे कुछ नौजवान सिख दोस्त होंगे, जो पेट भर खाना मिलने पर ही खुश होंगे। और शायद लैरी गोम्स भी आये।

क्या मैं महारानी और इन्दु को बुलाने की गुस्ताखी कर सकता था? क्या वे इस भीड़ का हिस्सा बन सकती हैं? शायद उन्हें इंडियाना में एक अलग टी-पार्टी में बुलाया जा सकता है। क्रीम रोल्स और खीरा सैंडविच ठीक रहेंगे!

और यह सारा जश्न मनाने के लिए पैसे कहाँ से आने वाले थे? मेरा बैंक बैलेंस तीन सौ रुपये पर अटका हुआ था—जिससे अभी घर का किराया,

'कोमल' का खाने का बिल और अपने लिए नयी पैंट का इन्तज़ाम होना था। मैंने दो साल पहले, लंदन में माइल एंड रोड से जो दो पैंटें ली थीं, अब वे बड़ी खुली होने के कारण अजीब दिखती थीं और बैठने वाली जगह से घिस गयी थीं। दूसरी दोनों पैंटें, ऐसे कपड़े से बनी थीं जो सिकुड़ता नहीं पर मज़ेदार बात यह थी कि वह पैंट हर बार धोने पर सिकुड़ जाती थी। मैं उन्हें दर्ज़ी को दे चुका था ताकि वह उनसे मेरे लिए एक जोड़ी शॉर्ट्स तैयार कर दे।

बेशक, सीताराम अपनी ओर से मुझे पैंट देने को तैयार था, मुझे यह चिंता करने की ज़रूरत नहीं थी कि उसका मालिक कौन था, बस उसे समय पर वापस करना था ताकि वह उसे दोबारा धोकर, प्रेस करने के बाद, सही मालिक के पास पहुँचा दे। मैंने एक बार, ऐसा किया भी था, सीताराम ने मुझे चारखाना चैक के डिज़ाइन वाली बढ़िया पैंट लाकर दी। मैं उसे पहन कर इंडियाना के बाहर, उसके मालिक से बतिया रहा था, तब मुझे एहसास हुआ कि वह एकटक मेरी पैंट को ही घूरे जा रहा था।

"मेरे पास भी ठीक ऐसी ही एक पैंट है," उससे रहा नहीं गया तो उसने कह दिया।

"इससे पता चलता है कि आपकी पसन्द बेजोड़ है," मैंने कहा, फिर घर लौट कर सीताराम की कस कर खबर ली।

"मैं दूसरों की पैंटों के मामले में तेरा भरोसा नहीं कर सकता, सीताराम!" मैं चिल्लाया। "क्या तुम मुझे कोई ऐसी पैंट नहीं दे सकते थे, जिसका मालिक कहीं बहुत दूर का रहने वाला हो?"

उसने सच्चे दिल से पछतावा दिखाते हुए कहा, "मैं तो आपके लिए सही माप के ही चक्कर में लगा रहा। क्या आप धोती पहनना चाहेंगे? या फिर लुंगी? आप पर बहुत फबेगी। मेरे पास सब इंस्पैक्टर की बैंगनी रंग की लुंगी रखी है।"

"बैंगनी रंग की लुंगी?"

पैसा बोलता है—और अक्सर यह अलविदा ही बोलता है।

एक फ्रीलांस लेखक कह नहीं सकता कि वह अगले महीने क्या कमाने

वाला है। यह अनिश्चितता ही उसके लेखन जीवन का आकर्षण है पर यह सब उन हालात में बहुत रोमांचपूर्ण हो सकता है जब आपको घर का किराया, 'कोमल' का खाने का बिल, लेखों के लिए डाक का खर्च, टाइपिंग पेपर, टूथपेस्ट ,ज़ुराबों, शेविंग सोप मोमबत्तियों (मेरे कमरे में लाइट नहीं थी) और दूसरे ज़रूरी सामान का इन्तज़ाम करना हो। और विलियम मेथसन और सुरेश माथुर जैसे दोस्त (मेरा एकमात्र परिचित वकील जो बेरोज़गार था) हालात को और भी मुश्किल बनाने में जुटे हों।

विलियम स्विस था, वह फ्रेंच फॉरेन लीज़न में काम कर चुका था, जब वियतनाम वालों ने तय किया कि वे मार्सेलायस से तंग आ गए, तो उसे फ्रेंच प्रशासन और सेना के साथ वहाँ से निकलना पड़ा। फ्रेंच अपनी सैन्य ताकत के लिए नहीं जाने जाते, हालाँकि वे इसके विपरीत सोचना पसन्द करते हैं।

विलियम देहरा में एक जर्मन अखबार के संवाददाता वान राडोल्फ के सहायक के तौर पर रह रहा था, जो भारतीय अखबारों की खबरों को, नई दिल्ली से भेजा करता था। दिल्ली के मुकाबले देहरा थोड़ा ठंडा इलाका था और इसके कई हिस्से बहुत खूबसूरत थे। अगर आपके पास चार पैसे हों तो वहाँ अच्छा समय बिताया जा सकता था।

जब विलियम और राडोल्फ की नहीं बनी तो उसे लगा कि वह स्वयं एक संवाददाता के तौर पर काम करेगा। पर यूरोप में उसके लेखों को लेने वाले बहुत लोग नहीं थे और उसके क़र्ज़ों का अंबार बढ़ता जा रहा था। वह एक महँगे गेस्ट हाउस में टिका था जिसका मालिक बहुत ही सहनशील किस्म के लोगों में से था, जिसने उसे एक दिन याद दिलाया कि उसने पिछले पाँच माह से किराया नहीं दिया।

विलियम अक्सर मेरे कमरे के दौरे पर उसी समय आता था, जब डाकिया वहाँ आ चुका हो। वह देखना चाहता था कि मेरे लिए कोई चैक या इंटरनेशनल मनी ऑर्डर आया या नहीं।

एक दिन मैंने उसे कहा, "बस पाउंड। कोई फ्रेंच या स्विस फ्रैंक नहीं। मैं एक फ्रेंच प्रकाशक से सम्पर्क के बारे में कैसे सोच सकता हूँ?"

''पाउंड भी चलेंगे। मैंने अपने सरदार जी का पाँच हज़ार रुपये का उधार चुकता करना है।''

''तो उधार बनाए रखो। *यंग एलिजाबेथ* से आने वाले मेरे बारह पाउंड से तुम्हारा कुछ नहीं बनने वाला।''

यंग एलिजाबेथ, एक क्लासी ब्रिटिश बाल पत्रिका थी, जिसका सम्पादन के वैब और पैट कैंपबैल करते थे। मेरी सारी आरंभिक कहानियाँ उसमें ही छपीं। आह, कई अच्छी बातों की तरह, यह भी दो साल में बन्द हो गयी। पर मेरे शुरुआती सुनहरे दिनों में इसकी वजह से बहुत सहारा मिला था।

''तुम रहने के लिए कोई सस्ती जगह क्यों नहीं देखते?'' मैंने विलियम से कहा।

''मुझे अपना स्टैंडर्ड बना कर रखना है। फ्रेंको-जर्मन प्रेस का संवाददाता किसी ऐरी-गैरी जगह नहीं रह सकता, खासतौर पर तुम्हारी जैसी झोंपड़ी में तो बिलकुल नहीं।''

''जो जी में आये करो,'' मैंने कहा। ''उम्मीद करता हूँ कि तुम्हें कहीं से पैसा मिल जाएगा।''

वैसे मैंने उसे दो सौ रुपये भी उधार दिए थे जो कभी वापस नहीं आये। क्या मेरे पास जन्मदिन की दावत के लिए पैसे होंगे, अब मेरे सामने यही सबसे बड़ा सवाल था!

एक दिन मैंने तय किया कि अलसुबह उठ कर, साइकिल पर शहर के आस-पास के इलाके का चक्कर लगाकर आऊँगा। मैंने पढ़ रखा था कि कैसे अचानक भोर होती है पर कभी इतनी सुबह उठ नहीं पाता था कि इस नज़ारे को अपनी आँखों से देख सकूँ। मैंने सीताराम से आग्रह किया कि वह मुझे अगले दिन सुबह छह बजे जगा दे। उसने मुझे पाँच बजे उठा दिया। हल्का सा उजाला हुआ था जब मैं कपड़े पहनकर तैयार हुआ, तब तक आकाश का रंग नीले से हल्के बैंगनी रंग का हो चला था, और फिर सूरज अपनी पूरी आभा के साथ निकल आया था।

मैंने अपनी मकानमालकिन से साइकिल उधार ले ली थी—कभी-कभी उसका बेटा या नौकर, ग्राहकों का सामान घर पर दे आने के लिए उसका इस्तेमाल करते थे—और मैं आड़ी-तिरछी साइकिल चलाते हुए, राजपुर रोड से चल दिया, पिछले पाँच साल से साइकिल की सवारी नहीं की थी। मैं बहुत

सावधान था; मैं नहीं चाहता था कि *ए वॉयस इन द क्लाउड्स* के संवेदनशील लेखक डेंटन वेल्क की तरह अपंग हो जाऊँ, जिनकी देहाती इलाके में की गयी साइकिल की सवारी अपने-आप में एक दुखद दुर्घटना में बदल गयी थी।

अब तो देहरा का ट्रैफिक बहुत भयंकर हो चला है, पर तब ऐसी बात नहीं थी और वैसे भी सुबह छह बजे तो सब वीरान ही पड़ा था। बस देखते-ही-देखते, मैं शहर से बाहर था और फिर जल्दी ही चाय बागान वाले इलाके में जा पहुँचा। मैं सुस्ताने के लिए चाय के स्टॉल पर रुका और अपनी चाय में सख्त बन्द डालने ही वाला था कि किसी की परछाईं से चौंका, ऊपर देखा तो सीताराम को खीसें निपोरते पाया। मैं तो भूल ही गया था—उसके पास भी तो साइकिल थी।

मेरा प्यारा दोस्त और जानकार! समझ नहीं आ रहा था कि मुझे खुश होना चाहिए या नाराज़।

''मेरी साइकिल आपकी साइकिल से तेज़ है,'' वह बोला।

''तो फिर इसे चलाकर ऋषिकेश चले जाओ। मैं तुम्हारे पीछे आता हूँ।''

वह हँसा। ''लेखक साहब! आप मुझसे ऐसे पीछा नहीं छुड़ा सकते। मुझे भूख लगी है।''

''तो खा लो कुछ!''

''हम आपके जन्मदिन की दावत की रिहर्सल करेंगे।'' और उसने एक उबला अंडा, दो बन और एक स्पंज केक लिया, जो शायद पिछले कई सालों से दुकान के जार में सुरक्षित रखा था। अगर सीताराम उसे हज़म कर सकता था, तो इसका मतलब वह जाबाँज़ खिलाड़ी था, मैं मन-ही-मन सोच रहा था।

''कहाँ जा रहे हो?'' मैं अपनी साइकिल पर चढ़ने लगा तो उसने पूछा।

''कहीं भी, जहाँ जी चाहे,'' मैंने जवाब दिया।

''चलो, आज आपको ऐसे रास्ते दिखाता हूँ, जो आपने पहले नहीं देखे होंगे।''

यह पैगम्बरी फ़रमान था? क्या मुझे धोबी के बेटे के सौजन्य से नयी राहों और अर्थों की ओर जाना था?

''मेरे जीवन के प्रकाश, मेरा नेतृत्व करो।'' मैंने उससे कहा और वह इतनी तेज़ी से साइकिल भगाने लगा कि उसके साथ चलते-चलते मेरा दम फूल गया।

उसने पक्की सड़क छोड़ी और एक धूल से भरी ऊबड़-खाबड़ पगडंडी

की ओर साइकिल मोड़ ली, जिसके आस-पास बाँसों का झुरमुट दिख रहा था। रास्ता इतना चौड़ा था कि हम एक साथ साइकिल चला सकते थे। वह बाँस के झुरमुट से निकल कर, बड़े से चाय बागान में आ गया, फिर उसने दो-तीन मोड़ काटे और एक छोटी-सी नहर हमारे सामने थी।

हमें वहाँ एक आम का पेड़ दिखा। हमने अपनी साइकिलें जैसे ही आम के पेड़ के सहारे खड़ी कीं तो पेड़ से तोतों का एक झुंड शोर मचाता हुआ वहाँ से उड़ गया। भारत में, लाउडस्पीकर के देश में, पक्षियों ने भी चीख-चीख कर बोलना सीख लिया है ताकि दूसरे उनकी बात सुन सकें।

सारे तोते दूसरे पेड़ पर जाकर बैठ गये। आम पकने वाले थे पर पकने से पहले ही बहुत से आमों को तोतों ने कुतर लिया था।

नहर में किनारे के पास एक रामचिरैया ने डुबकी मारी और छोटी चमकती मछली लेकर बाहर निकली।

"हमारे लिए तो यह बहुत छोटी है।" मैंने कहा, "क्या हम कुछ मछलियाँ पकड़ें?"

"अरे छोड़ो! वापसी में बाज़ार में फिश टिक्का खाएँगे।" सीताराम ने किसी व्यावहारिक इन्सान की तरह राय दी।

जब सीताराम नहर के किनारों का मुआयना कर रहा था तो मैं आम के पेड़ का सहारा लेकर अधलेटा हो गया।

मन में एक अजीब-सी शान्ति तारी हो गयी थी। ऐसा लगा मानो मैं भी अपने आस-पास के माहौल का एक हिस्सा बन गया—नहर के पानी का स्वर, पेड़, तोते, तने की छाल, सूरज की धूप, मंद हवा की कोमलता, मेरे पैरों के पास घास पर चलती इल्लियाँ, घास, दूब का हर तिनका...और मैं जानता था कि अगर मैं सदा इन चीज़ों के सम्पर्क में रहा, ये उगने वाली चीज़ें, ये प्राकृतिक संसार, तो यह जीवन मेरे लिए जीवंत होगा, और मैं तब तक लिख सकूँगा जब तक जीवित रहूँगा।

मेरे भीतर से आशावादिता फूट पड़ी, और मैं नेल्सन एडी का एक पुराना गीत गाने लगा, विंसेंट हुईमैन की एक धुन...

When you are down and out,
Lift up your head and shout—

It's going to be great day!

(जब मन निराश और मायूस हो तो अपना सिर उठाओ और चिल्ला कर कहो, "आज का दिन कितना महान होने वाला है!")

नहर के पार, जंगली बबूल के पेड़ों के पास कुछ हिला, और धीरे-धीरे वह धुँधली आकृति मेरी ओर आती दिखी। यह कोई लड़का नहीं, यह कोई अजनबी नहीं, यह तो कोई ऐसा था, जिसे मैं जानता था। हालाँकि छवि धुँधली थी, पर जल्दी मैं अपने पिता की आकृति और चेहरे को पहचान गया।

वे वहाँ खड़े मुस्कुरा रहे थे और मेरा गीत होंठों में ही सूख गया।

पर शायद उसी गीत की वजह से वे कुछ सैकेंड के लिए मेरे सामने थे। उन्हें नेल्सन एडी से बेहद लगाव था, उनके पास उसके सारे रिकॉर्ड हुआ करते थे। अब वे कहाँ गये? उन पुराने लोगों के गीत कहाँ गये? अतीत कितना भला था; हमें वह सब सलीके से सहेजना चाहिए, जो अच्छा हो।

जब मैं उठा और उनकी ओर अपना हाथ बढ़ाया तो वे ओझल हो गये।

मेरे प्यारे, प्यारे पिता, मैं उन्हें कितना प्यार करता था। और जब उन्हें मुझसे छीना गया तो मैं मुश्किल से दस साल का था। अब उन्होंने मुझे संकेत दिया था कि वे सदा मेरे साथ थे और सदा मेरे साथ ही रहेंगे...

निकट ही कहीं ज़ोर से छपाक की आवाज़ सुनाई दी। देखा सीताराम पानी में कूद गया था। पता ही नहीं चला कि उसने कब कपड़े उतारे और पानी में छलाँग लगा दी।

उसने मुझे भी आने का इशारा किया और घड़ी भर की हिचकिचाहट के बाद, मैंने भी पानी में जाने का मन बना लिया। सीताराम और मैं कुछ देर तक, कमर तक गहरे पानी में खेलते रहे। उसका शरीर सूरज की धूप में चॉकलेटी रंग में नहाया हुआ लग रहा था। मैंने तय किया कि मैं खुले में कुछ ज़्यादा समय बिताया करूँगा क्योंकि मेरी अपनी देह पीली और मुरझाई हुइ दिख रही थी।

कुछ देर बाद, मैं नहर के दूसरे किनारे पर गया, जहाँ मैंने कुछ समय पहले पिता को देखा था। पर वहाँ कोई नहीं था। किसी के होने का कोई निशान न था। यहाँ तक कि पैरों के कोई निशान भी नहीं थे।

जब हम साइकिल चला कर, शहर की ओर आने लगे तो हल्की दुपहरी घिर आयी थी। कई लोगों के झपकी लेने का वक्त था तो कई जाँबाज़ सूरमा खाली जगह में क्रिकेट खेल रहे थे। डालनवाला इलाके में बहुत बड़े बंगले थे; उनमें सुन्दर बगीचे और लॉन भी बने हुए थे। देहरा के सम्पन्न परिवार वहीं रहते थे। मगदौर की महारानी भी वहीं रहती थीं, जब हम वहाँ से निकले तो अचानक मेरी नज़र उनकी नेमप्लेट पर गयी। मैं अपनी साइकिल से उतरा और आड़ में खड़ा हो कर, बगीचे के अन्दर झाँकने लगा।

''क्या देख रहे हो?'' सीताराम ने मेरे पास ही साइकिल से उतरते हुए पूछा।

''मैं महारानी की बेटी को अपने जन्मदिन की दावत में बुलाना चाहता हूँ पर लगता नहीं कि उसकी माँ उसे भेजेगी।''

''तो उसकी माँ को भी न्यौता दे दो,'' सीताराम बोला।

"बहुत बढ़िया! एक तीर से दो रानियों शिकार।"

"हाँ, किलिंग टू बर्ड्स विद वन स्टोन।" सीताराम को कक्षा सात में याद किये गये अंग्रेज़ी के मुहावरे अभी भूले नहीं थे। "और देखो, उनमें से एक तो झाड़ियों के पीछे है, शायद।"

उसने जपाकुसुम की झाड़ी की ओर इशारा किया, जहाँ इन्दु कुछ शाखाओं की छँटाई कर रही थी। हमारी आवाज़ें उस तक पहुँचीं तो वह दूर से हमें ताकने लगी। उसे मुझे पहचानने में कुछ सैकेंड लगे और फिर वह हमारी ओर चली आयी। दीवार के दूसरी ओर खड़ी इन्दु के चेहरे पर हल्की-सी मुस्कान थी, उसने पहले मुझे और फिर सीताराम को देखा।

"हैलो, साइकिल पर कहाँ गये थे?" उसने पूछा

"ओह, सब जगह घूमे। नहर के पार, हेमिंग्वे की तरह खेतों में। अब घर की ओर वापसी थी। सीताराम मेरा पड़ोसी है। जब मैंने तुम्हारा घर देखा तो सोचा कि रुक कर हालचाल ले लूँ। क्या महारानी साहिबा घर में हैं?"

"आराम कर रही हैं। क्या उनसे मिलना चाहोगे?"

"नहीं, मतलब, मैं उन्हें इस समय परेशान नहीं करना चाहता। मैं तो इतना कहना चाहता था—अगर 19 को कुछ खास नहीं कर रहीं तो मेरे और मेरे दोस्तों के साथ चाय पर आओ। उस दिन मेरा जन्मदिन है, इक्कीसवाँ!"

"बहुत अच्छा! पर माँ अकेले आने नहीं देंगी।"

"इस न्यौते में वे भी शामिल हैं। अगर वे आयेंगी, तब तो आओगी न?"

"उनसे पूछूँगी।"

मैंने उसकी आँखों में देखा। गहरी भूरी, रहस्यमयी-सी आँखें। क्या उन आँखों में मेरी सराहना के लिए कोई जवाब था? या वे मेरे अनाड़ीपन पर विस्मित थीं? मैं कहानियाँ लिखता था, अपनी रोज़ी-रोटी कमाता था, जीवन के हर क्षेत्र से जुड़े लोगों से बातचीत करता था, साइकिल चलाता था, फुटबॉल खेलता था, पेड़ों पर चढ़ता था, जाम पर जाम चढ़ा सकता था, बिना थके मीलों चल लेता था, बच्चों से खेलता था, दादी-नानियों को लुभा लेता था, पिताओं पर प्रभाव डाल लेता था; पर जब लड़कियों या महिलाओं को लुभाने की बात आती तो मैं पूरा अनाड़ी साबित हो जाता, कुछ सूझता ही नहीं था।

यहाँ तक कि लंदन में भी, दो साल पहले, जब मैं लैकस्टर स्क्वेयर में, अपनी मर्दानगी का सबूत पाने के लिए एक वेश्या के पास गया था, तो भी सब गड़बड़ हो गया था। सड़क पर आ रही रोशनी में तो वह खासी खूबसूरत दिखी थी, जहाँ उसने मुझे फँसाया—या यूँ कहें कि मैंने उसे फँसाया था? पर जब वह मुझे अपने कमरे में ले गयी और थुलथुल टाँगें और जाँघें दिखाईं, तो मेरा मन अचानक खट्टा हो गया; उसकी टाँगें वैरीकोज़ वेन्स से भरी थीं। आप *प्लेब्वॉय* के पन्नों में रस लेते हैं, और फिर जब आप अपनी ज़िन्दगी की पहली औरत के सामने पहुँचते हैं और उसकी टाँगों पर लाल-नीली उभरी नसें दिखाई देती हैं! मैंने उस बेचारी को उसके पैसे दिये और वहाँ से भाग आया। पर उसके पाउडर और मेक-अप की गंध अब भी मेरे कोट में समाई है—मेरा इकलौता कोट और मुझे इस नाकामयाबी के साथ ही एक लम्बे अरसे तक ज़िन्दा रहना था।

इस अनुभव ने मुझे सिखाया कि मैं यौन सम्बन्ध बनाने की बजाय रोमानी सम्बन्ध रखने के लिए कहीं बेहतर था, और यह मेरे लिए स्वभाव का सहज हिस्सा था। इन्दु के लिए मेरे मन में आदर का भाव था, हालाँकि मुझे नहीं लगता था कि उसकी माँ मुझे अपने शाही खेमे में कभी स्वीकार करेगी। पर शायद एक दिन, जब मेरे पास भी नाम और पैसा होगा (जल्द ही, मुझे पूरी उम्मीद थी!), तब इन्दु अपना सुरक्षा घेरा तोड़ कर, मेरे साथ सागर किनारे बने विला या किसी सुहावने द्वीप में रहने आ जायेगी। मैंने ये लाइनें वहीं खड़े-खड़े तैयार कर लीं, पर इन्हें दोहराने की गलती नहीं की :

With the bougainvillaea in her hair
And blossoms on her breasts
My lips would search between her thighs for honeydew's caress ....

(उसके बालों में बोगनवेलिया और छातियों पर पुष्पों के बीच। मेरे होंठ उसकी जाँघों के बीच मधुरस के प्रेम स्पर्श को खोजेंगे।)

इन्दु मेरी आँखों में देख रही थी, तो मैंने अचानक कह दिया और फिर अपने ही साहस पर हैरानी भी हुई, "इन्दु, एक दिन मैं तुम्हारा चुंबन ज़रूर लूँगा।"

"आज क्यों नहीं?"

वह अपना गाल मेरे आगे कर रही थी, और मैंने वहीं से शुरुआत की, पर फिर उसने मुझे अपने होंठों पर चूमने दिया, और यह सब इतना मीठा और मादक था कि जब किसी ने मेरा हाथ दबाया तो मुझे लगा कि वह इन्दु का ही हाथ रहा होगा। मैंने भी उसी तरह वह हाथ दबाया तो एहसास हुआ कि वह तो दीवार के दूसरी ओर थी, उसके हाथ में अब भी झाड़ियाँ काटने वाली बड़ी कैंची थी। शायद मैं सीताराम की मौजूदगी के बारे में भूल गया था। सीताराम के हाथ का दबाव बढ़ता जा रहा था। मैंने उसे मुड़कर देखा और उसने सहमति में सिर हिलाया। इन्दु को ज्यों ही अपनी माँ की आवाज़ सुनाई दी तो वह चिहुँक कर पीछे हटी : "इन्दु, किससे बात कर रही हो? क्या कोई हमारा जानकार है?"

"एक कॉलेज का छात्र है, माँ।" इन्दु ने जवाब दिया और फिर हाथ हिलाते हुए धीरे-धीरे बरामदे की दिशा में चल दी। फिर वह मुड़ कर बोली, "मैं पार्टी में आऊँगी, माँ के साथ!"

और मैं सीताराम का हाथ थामे वहीं खड़ा रह गया।

"बस एक ही चीज़ की कमी थी," वह बोला।

"वह क्या ?"

"फ़िल्मी संगीत।"

~

जब हम ओरियंट सिनेमा में पहुँचे तो फ़िल्मी संगीत की धूम थी, वे लोग मधुबाला की 'मिस्टर एंड मिसेज़ 55' दिखा रहे थे, जो उस साल हर दिल की धड़कन बनी हुई थी। सीताराम ने ज़ोर दिया कि मैं साइकिल वापस करने के बाद, उसके साथ सस्ती वाली सीटों की टिकट लूँ, जहाँ मैं बीड़ी के कड़वे धुएँ की वजह से बस बेसुध होते-होते बचा, वह सारे हॉल में भर गया था। ओरियंट में एक ज़माने में इंग्लिश फ़िल्में दिखाई जाती थीं, मुझे याद है कि जब मैं बहुत छोटा था। मैंने एक बड़ी पुरानी ब्रिटिश कॉमेडी देखी थी, 'द घोस्ट ऑफ़ सेंट माईकल्स', परेड ग्राउंड के सामने, हॉल के बाहरी हिस्से को, दून स्कूल के आर्ट मास्टर सुधीर खस्तगीर के हाथों तैयार, नर्तकियों की नक्काशी से सजाया गया था, जिससे इमारत में वाकई जान आ गयी थी—उसका बाकी चरित्र धीरे-धीरे

बिखर रहा था। पर मुझे सिनेमा की भीड़ देखने में बहुत आनन्द आया। मेरे लिए, वहाँ के प्रदर्शन के मुकाबले लोगों की भीड़ में ज़्यादा रुचि थी।

मुझे फ़िल्म के बारे में बस इतना ही याद है कि जब भी मधुबाला पर्दे पर आती तो सीताराम बेचैन हो जाता। वह ताँगेवालों और दूसरे लोगों के साथ सीटियाँ बजाता हुआ, मेरी बाँह या शरीर के दूसरे अंग को भींचता हुआ इशारा करता कि वह अपनी मनपसन्द हीरोइन को देख बहुत तरंग में आ जाता था। यह बड़ी अच्छी बात थी कि मधुबाला शहर में नहीं आ रही थी, वरना वहाँ तो दंगा हो जाता; पर कुछ समय के लिए वहाँ यह अफ़वाह ज़रूर उड़ी थी कि एक क़ामयाब फ़िल्मी सितारा, प्रेम नाथ देहरा आने वाला है। मेरी मकान मालकिन को यह सुनकर बहुत खुशी हुई। पर सीताराम को इस खबर से कोई लेना-देना नहीं था। उसके लिए बस मधुबाला थी और कोई नहीं।

फ़िल्म के बाद, जब हम बाज़ार में अपने लिए रास्ता बनाते निकल रहे थे, तो जय शंकर साथ हो लिया, जो हमारे साथ फ्रंटियर स्वीट शॉप तक आया, जहाँ शाम के पहले ग्राहकों के लिए ताज़ी गर्म जलेबियाँ छानी जा रही थीं।

"आज पैसे देने की बारी तुम्हारी है," मैंने कहा।

"अगली बार, अगली बार," दून स्कूल के चमकते सितारे ने वादा किया।

"मेरी जेब खाली है," मैंने पल्ला झाड़ दिया।

"तुम्हारे दोस्त की जेब में तो होंगे।"

पता चला कि सीताराम के पास कुछ मुचड़े हुए नोट थे, जो उसने मेरी मुट्ठी में ठूँस दिए।

"तुम्हारा दोस्त करता क्या है?" जय ने पूछा।

"इसका कपड़ों का व्यापार है," मैंने जवाब दिया।

जय ने सीताराम की ओर एक नयी आदर भरी दृष्टि से देखा। जब उसने पेट भर कर जलेबियाँ खा लीं तो वह हमें अपनी नयी पेंटिंग दिखाने की ज़िद करने लगा। हम उसकी मनहूस गली के छोर पर बने घर की ओर चल दिए और वह हमें अपने स्टूडियो में ले गया। वहाँ उसने हमें एक बैंगनी रंग की औरत की तस्वीर दिखाई, लम्बे हाथों-पैरों वाली उस औरत की छातियाँ तकरीबन सपाट थीं।

''अब बताओ, कैसी लगी?'' जय ने अपने उस अटपटे खज़ाने को प्यार भरी निगाहों से ताकते हुए सवाल दागा।

''क्या तुम इसे स्कूल के 'फाउंडर्स डे' के लिए बना रहे हो?'' मैंने मासूमियत से पूछा।

''नहीं? वहाँ नंगी तस्वीरें ले जाने की अनुमति नहीं है। पर तुम मेरी 'फरिश्तों की उड़ान' वाली पेंटिंग देखना। इसने पहला पुरस्कार जीता था!''

''हम्म! अगर तुम इसको भी पंख लगाकर, सिर के पीछे आभामंडल सा बना दो, तो यह भी फरिश्ता ही दिखेगी।''

जय निराश होकर मुड़ा और सीताराम से उसकी राय पूछी।

सीताराम ने कौतूहल से पेंटिंग को ताकते हुए कहा, ''इसने अपने सारे कपड़े धोने के लिए भेज दिए होंगे।''

''लो! सुन लो। इस कपड़ों के व्यापारी की बात!'' मैंने बात संभाली।

''ये छातियाँ थोड़ी बड़ी हो सकती थीं,'' सीताराम ने थोड़े विचार के बाद कहा।

''हो सकता है कि मैं इसकी छातियों को थोड़ा बड़ा कर दूँ,'' जय ने हामी भरी।

''बहुत ज़्यादा मत करना, ज़्यादा भारी छातियों का चलन नहीं है,'' मैंने कहा।

''ऐसा क्यों?''

''ऐसा लगता है, जैसे उन पर बहुत सारे मर्दों के हाथ पड़े होंगे।''

जय हमें दरवाज़े तक ही छोड़ने आया; वह उस अँधेरी गली से पहले ही लौट गया, उसे पार करने की हिम्मत उसमें नहीं थी। वह सारी ज़िन्दगी अँधेरे में अकेले रहने के डर से ही पीड़ित रहा। खैर, हम सबके कोई–न–कोई फ़ोबिया होते हैं। आज भी, मैं जब तक किसी के साथ न रहूँ, अकेले लिफ़्ट या एस्केलेटर्स का इस्तेमाल नहीं कर पाता।

सीताराम और मैं अँधेरे में आराम से वापस चल दिए। उसने मेरे साथ अँगुलियों से अँगुलियाँ मिलाईं और एक बेसुरे गाने की धुन छेड़ दी; वह कोई सहगल या रफी थोड़े ही था। हमने मैदान पार किया और एक चौथाई चाँद हमारे

साथ चलता रहा। मेरे मन में एक अजीब-सी शान्ति का एहसास था, सारे संसार के लिए बस प्रेम-ही-प्रेम, और मैं सोचने लगा कि क्या इस बात का सम्बन्ध, पिता की उस छवि से था, जिसे मैंने आज सुबह दिन में देखा था।

जब हम उन सीढ़ियों की ओर बढ़े, जो मेरे घर को सीताराम के क्वार्टर से अलग करती थीं, तो हम रात के वीराने में उसके माँ-बाप की आपसी झड़पों की आवाज़ें सुन सकते थे। बेशक उसकी माँ चंडी देवी से कम नहीं थी; और बाप शराबी था जो अक्सर अपनी कमाई जुए में उड़ा देता था। सीताराम के लिए यह एक जाल था और उसके पास बचाव के लिए एक ही जगह थी। और उसने मेरी सोच को शब्द दे दिए।

''एक दिन घर छोड़कर कहीं निकल जाऊँगा,'' वह बोला।

''खैर, आज की रात तुम मेरे साथ ठहर सकते हो।''

मैंने बिना कुछ सोचे, यूँ ही मन में आया और कह दिया। वह मेरे साथ मेरे कमरे में आ गया और अपने माँ-बाप को यह बताने की भी परवाह नहीं की कि वह वापस आ गया था।

मेरी मकान मालकिन के बड़े जहाज़ी पलँग पर इतनी जगह थी कि हम दोनों आराम से सो सकते थे। उसने अपने पति की मौत के बाद से उसका इस्तेमाल नहीं किया था, वे छह-सात साल पहले परलोक सिधार चुके थे। और अब ऐसी कोई उम्मीद भी नहीं थी कि वह उस पलँग का कभी दोबारा इस्तेमाल करेगी।

किसी की शादी हो रही थी और मिलिट्री बैंड के साथ बारात अनजाने में ही किसी शवयात्रा जैसी लगने लगी थी। और वे सच में बैंड इतनी ज़ोर से बजा रहे थे कि मरा हुआ इन्सान भी उठ कर बैठ जाये।

सूजा मार्चेज़ की धुन के बाद, वे हिन्दी फ़िल्मों के गानों की धुनों पर आ गये और सीताराम ने अपनी बाँहें नचाते हुए कमरे में कदम रखा। उसने तलत महमूद के ताज़ा प्रेमगीत की बेसुरी धुन के साथ मेरे कानों के पर्दे तार-तार कर दिए। मैंने भी 'वोल्गा बोटमैन' गाने की तर्ज़ पर अपने बेहतरीन सुर में जवाब दिया। और मेरी मकान मालकिन अपनी दुकान से भागती हुई यह जानने के लिए बाहर निकल आयी कि धोबी ने अपनी बीवी का गला घोंट दिया या धोबिन ने धोबी को मार डाला।

खैर यह हफ़्ता तो जश्नों के नाम होने वाला था...

जब मैंने अगले दिन अपनी आँखें खोलीं, तो पाया कि लाल रंग का जिरेनियम फूल, मानो मुझे एकटक ताक रहा था और साथ ही नथुनों में उसके कुचले हुए पत्ते की महक घुस रही थी। सीताराम गमले का पौधा मेरी ओर धकेलते हुए जन्मदिन की शुभकामनाएँ दे रहा था। मैंने अपने तकिए से एक कीड़े को पीछे किया और उठ कर बैठ गया। यूँ तो मैं प्रकृति प्रेमी और उसूलों से बिलकुल अंग्रेज़ी कवि वर्ल्डसवर्थ जैसा था, पर प्रकृति को इस तरह अपने ठीक आगे झेलना मेरे बस के बाहर था।

मैंने कीड़े को पत्ते पर उठाया और बाहर झाड़ दिया।

''जब तुम एक तितली बन जाओ, तो वापस आना,'' मैंने कहा।

सीताराम नहा चुका था और बिलकुल तरोताज़ा दिख रहा था। बदकिस्मती से, उसने अपने बालों में चमेली की गंध वाला तेल चुपड़ लिया था और सारे कमरे में उसकी गंध आ रही थी। उसके आस-पास पहले ही एक मक्खी भिनभिनाने लगी थी।

''इस उपहार के लिए शुक्रिया,'' मैंने कहा। ''मैं हमेशा से अपने लिए जिरेनियम चाहता था।''

''मैं तो गुलाब की झाड़ी लाना चाहता था पर गमला बहुत भारी था।''

''कोई बात नहीं, ये भी हमारे बरामदे में बहुत प्यारा लगेगा।''

मैंने छोटी-सी बालकनी के धूपवाले हिस्से में गमला रख दिया और जैसे उस जगह में जादू आ गया। किसी बालकनी में रौनक लानी हो तो लाल जिरेनियम से बेहतर तो कुछ हो ही नहीं सकता।

हम दोनों दिन के समारोह के बारे में योजना बना ही रहे थे कि एक अजनबी ने खुले दरवाज़े से भीतर प्रवेश किया (एक दिन मुझे इसे बन्द करना ही होगा)। उसने खुद को नये फ़्लश टॉयलेट का आविष्कारक बताते हुए कहा कि वह शहर की साफ़-सफ़ाई की आदतों में क्रांति ला देगा। हम तब भी पुराने ज़माने में जी रहे थे और अमीर लोग ही पश्चिमी शैली के शौचालयों का प्रयोग कर सकते थे। मेरे मेहमान ने मुझे एक सीट का चित्र दिखाते हुए कहा कि वह पूर्व और पश्चिम की टॉयलेट सीट का नमूना मिलाकर बनाई गयी है। आप इस पर भारतीय शैली में उकड़ूँ होकर बैठ सकते थे जिससे पेट के निचले हिस्से की माँसपेशियों पर ज़्यादा दबाव भी नहीं पड़ता और अगर आपको धोने के लिए

पानी की ज़रूरत हो, तो उसमें पीछे एक छोटा–सा छिड़काव करने वाला बटन था, वह बिलकुल ठीक जगह पर पानी की पिचकारी छोड़कर आपका काम आसान कर देता। यह आरामदेह, असरदार और सुरक्षित था। सारा मल एक टैंक में जमा हो जाता, जो भरने पर, बाहर निकाल कर खाली किया जा सकता था—पर कहाँ? अभी उसे अपनी इस समस्या का हल नहीं मिला था, पर उसने मुझे दिलासा दिया कि उसकी खोज आने वाले समय में बहुत कारगर होगी।

''पर आप मुझे यह सब क्यों बता रहे हैं?'' मैंने कहा, ''मैं ऐसी सुन्दर टॉयलेट सीट का खर्च नहीं उठा सकता।''

''नहीं, नहीं, मैं यह नहीं चाहता कि आप इसे खरीदें।''

''मतलब, क्या मैं आपको इसे इस्तेमाल करके दिखाऊँ?''

''नहीं, बिलकुल नहीं। पर मैंने सुना है कि आप एक लेखक हैं। मैं अपनी इस टॉयलेट–सीट के लिए कोई अच्छा–सा नाम चाहता हूँ। क्या आप मदद कर सकते हैं?''

''क्यों नहीं, आप इसे 'सिट–सेफ़' नाम दे दें?'' मैंने सुझाव दिया।

'' 'सिट–सेफ़'! वाह, बहुत बढ़िया। नौजवान मिस्टर बॉन्ड, मैं एक छोटे से नज़राने के साथ शुक्रिया अदा करना चाहूँगा।'' और उसने मेरे हाथ में दस का एक नोट ठूँसा और मेरे किसी भी विरोध से पहले, कमरे से बाहर निकल गया। ''आज तो पक्का मेरा जन्मदिन है,'' मैंने कहा। ''अजनबी किस्म के लोग आकर मुझे पैसे देकर जा रहे हैं।

''इससे तो हम तीन फ़िल्में देख सकते हैं,'' सीताराम ने कहा।

''या बियर की तीन बोतलें खरीद सकते हैं,'' मैंने कहा।

पर सुबह के बाद कहीं से भी कृपा नहीं बरसी और मुझे पुराने इलाहाबाद बैंक जाना पड़ा—जहाँ आखिर तक मेरी नानी अपनी बचत के पैसे जमा किया करती थीं—मैंने वहाँ से सौ रुपये निकाले।

''क्या आप मुझे बैलेंस बता सकते हैं?'' मैंने मिस्टर जैन से पूछा, वे एक पुराने क्लर्क थे जिन्हें मेरी नानी याद थीं।

उन्होंने मुस्कुराते हुए कहा, ''दो सौ पचास रुपये, कुछ बचत करने की कोशिश करो!''

मैं गहरी धूप में बाहर निकला और बैंक की सीढ़ियों पर खड़ा हो गया,

जहाँ मैं आज से पन्द्रह साल पहले खड़ा, नानी का काम खत्म होने का इन्तज़ार किया करता था—शायद परिवार में वही इकलौती थीं जिन्होंने आड़े समय के लिए थोड़ा पैसा बचाया था—पर ये आड़े वक्त उनके बेटे और बेटियों के और उन ढीले रिश्तेदारों के नाम थे जो हमेशा उनके सहारे मौज मनाना चाहते थे। उनकी अपनी ज़रूरतें नाममात्र की थीं। वे अपने घर के एक कमरे में रहती थीं और बाकी सारा घर परिवार को दे रखा था। जब उनकी मौत हुई, तो घर को बेच दिया गया ताकि उनके बच्चे एक बार फिर अपनी बेचारगी के आलम में लौट सकें।

मुझे किसी रिश्तेदार को सहारा नहीं देना था, पर विलियम मेथसन बूढ़े पीपल तले मेरा इन्तज़ार कर रहा था। उसके हाथों में कँपकँपी थी।

"क्या हुआ?" मैंने पूछा

"पिछले एक हफ़्ते से सिगरेट नहीं पी। चल, मुझे एक पैकेट चारमीनार खरीद दे।"

~

सीताराम बाहर से कुछ समोसे, जलेबियाँ और छोटे केक खरीद लाया, जिसकी आइसिंग जमे हुए घी से की गयी थी। मैं कुछ बोतलें बियर, कुछ औरेंज कोल्ड-ड्रिंक, लेमोनेड और एक विम्टो नाम की कोल्ड-ड्रिंक ले आया जिसका उन दिनों बड़ा हल्ला था। मेरी मकान मालकिन को जब पता चला कि मैं एक दावत दे रहा हूँ, तो उसने हरी मिर्च से बने पकौड़े तैयार करके भेज दिए।

जब यह पार्टी हुई, तो अपने-आप में ज़बरदस्त एंटीक्लाइमेक्स रहा :

अचानक जय शंकर आया और सारी जलेबियाँ खा लीं।

विलियम सुरेश माथुर के साथ आया। सारी बियर ख़त्म की और बियर की माँग करने लगा।

किसी ने भी सीताराम की ओर इतना ध्यान नहीं दिया। वह सहज भाव से सारे काम निपटा रहा था। उन दिनों, देहरा जैसे आधुनिक शहर में जाति इतनी मायने नहीं रखती थी। वैसे भी, जैसे सीताराम चारों ओर मँडरा रहा था और उस जगह पर पूरा मालिकाना हक दिखा रहा था, उसे देखकर सबने यही माना होगा कि वह मकान मालकिन का बेटा है। वह पकौड़ों की दूसरी खेप ले आया, जो

पहली प्लेट से कहीं गर्म और तीखे थे और उसी समय दरवाज़े पर इन्दु और महारानी ने कदम रखा।

हैप्पी बर्थडे डियर ब्वॉय।'' महारानी दमकीं और सबसे बड़ा मिर्च का पकौड़ा लपक लिया। उनके पीछे से इन्दु सामने आयी और सुनहरे और रूपहले सेलोफ़ेन में लिपटा एक तोहफ़ा सामने रख दिया। मैंने उसे डेस्क पर रखा और उम्मीद की कि उसमें स्टड और टाई पिन नहीं बल्कि चॉकलेट्स होंगी।

मिर्च के पकौड़े ने जल्दी ही महारानी की स्वादेंद्रियों पर धावा बोल दिया।

''पानी, पानी!'' वे चिल्लाईं और बाथरूम का दरवाज़ा खुला देख, पानी के नल की ओर भागीं।

ओह, वह बाथरूम मेरे घर का सबसे अनाकर्षक पहलू था। अभी उसे किसी नयी आविष्कृत 'सिट-सेफ़' जैसी चीज़ से लैस होना था पर उस थंडरबॉक्स शौचालय का ढक्कन किस्मत से नीचे था और उस खज़ाने को पिछले दो दिन से खाली नहीं किया गया था। उस पर ज़ंग लगा, टिन का पुराना डिब्बा मुकुट की तरह धरा था। दीवार पर एक तौलिया था जिसने कभी एक ज़माने में बेहतर दिन देखे होंगे। एक टूटे हुए वॉशबेसिन के पास ही, लाइफ़बॉय साबुन का टुकड़ा रखा था। एक तनहा कॉकरोच ने महारानी को देखते ही, उनकी गोद में बैठकर अभिनंदन किया।

यह सब एक ही नज़र में देख, वे अपने मुँह पर हाथ रखे-रखे, वापस लौट आईं।

''विम्टो लीजिए,'' विलियम ने हाथ में पकड़ी गरम और चिपचिपी बोतल आगे की।

''एक गिलास बियर?'' जय शंकर ने कहा।

महारानी ने बियर का गिलास झपटा और एक लम्बे घूँट में उसे खाली कर दिया। वे हाँफते हुए रुकीं और मुझे फटकार भरी निगाहों से देखा—जैसे मैंने वह मिर्च का पकौड़ा उन्हें सताने के लिए ही बनवाया था—फिर वे बोलीं, ''अब चलते हैं। बस तुम्हें जन्मदिन की दुआएँ देने के लिए आ गये थे। शुक्रिया-बहुत-बहुत शुक्रिया—तुम भी इन्दु के जन्मदिन की दावत में आना—अगले साल।''

अगले साल, यह तो बहुत दूर नहीं था।

''तोहफ़े के लिए धन्यवाद,'' मैंने कहा।

और फिर वे चली गयीं और मैं अपने साथियों का दिल बहलाने के लिए वहीं रहा।

सुरेश माथुर को बियर से कुछ ज़्यादा स्ट्रॉन्ग की तलब हो रही थी और मुझे खुद भी यही लग रहा था, हम रॉयल कैफ़े की ओर चल दिए; हम सभी, बस सीताराम ही नहीं गया, उसके पास करने के लिए और बहुतेरे काम थे।

ड्रिंक्स के दो दौर के बाद, मेरे बचे हुए पैसे हवा हो गये। इसलिए मैंने विलियम और सुरेश को वहीं उनके हाल पर छोड़ा और जय शंकर को परेड ग्राउंड के कोने तक विदा दे आया। अभी अँधेरा नहीं हुआ था इसलिए मुझे उसे घर तक छोड़ने नहीं जाना पड़ा।

परेड ग्राउंड में कुछ मज़दूर तंबू लगाने के लिए खूँटियाँ गाड़ रहे थे।

दो बच्चे आने वाले उस तमाशे के बारे में बात कर रहे थे।

"सरकस आ रहा है।"

"क्या यह बड़ा है?"

"अरे, सबसे बड़ा है! चीते, हाथी, घोड़े, चिम्पांजी! तनी हुई रस्सी पर चलने वाले, बाज़ीगर, ताकतवर आदमी..."

"क्या जोकर भी होगा?"

"जोकर तो होगा ही। जोकर के बिना सरकस थोड़े होता है?"

मैं घर की ओर बढ़ा ताकि सीताराम को इस बारे में बता सकूँ। उसके लिए सिनेमा से हट कर कुछ नयापन हो जायेगा। कमरे की सफ़ाई हो चुकी थी और महारानी का उपहार मेरी डेस्क पर रखा था, वह अब भी उसी तरह सुन्दर कागज़ में लिपटा हुआ था।

"चलो देखें, इसमें क्या है?" मैंने पैकेट खोलते हुए कहा।

वह तो मेवों का छोटा-सा डिब्बा निकला—बादाम, पिस्ते, काजू और थोड़े सूखे अंजीर।

"अरे बस एक मुट्ठी मेवे," सीताराम ने कहा और अंजीर चखने के बाद भद्दा-सा मुँह बनाया।

मैंने बादाम की गिरी मुँह में डाली, वह कड़वी निकली तो उसे बाहर थूक आया।

"इसने अपनी शादी के टाइम के मेवे बचा कर रखे होंगे," सीताराम बोला।

"हाँ सही तो है, तुम्हारे जैसे नट्स (बेवकूफ़ों) के लिए नट्स ही तो आयेंगे," मैंने कहा।

गर्मियों की एक रात को लिखी गयीं कुछ पंक्तियाँ :

On hot summer nights I dream
Of you beside me, near a mountain stream
Cool in our bed of ferns we lie,
Lost in our loving, as the world slips by

(गर्मियों की रात में मैं सपना देखता हूँ कि एक पहाड़ी झरने के पास, तुम मेरे साथ हो। हम अपने आस-पास की दुनिया से बेखबर फ़र्न के बिस्तर पर अपने ही प्रेम में मगन हैं।)

मैंने अपने दिमाग में यह तस्वीर उतारने की कोशिश की, मैं और इन्दु पर्वतों के पार दिखते चन्द्रमा को निहार रहे हैं पर उसका चेहरा लगातार पिघलते हुए, उसकी माँ के चेहरे में बदल रहा है। सपने का इस तरह डरावने सपने में बदल जाना, मैं चौंक कर उठ बैठा और फिर नींद ही नहीं आयी। सीताराम पलँग

के दूसरी ओर बड़े मज़े से गहरी नींद में था, उसे कमरे में आतंकियों की तरह घुस आये मच्छरों से कोई परेशानी नहीं थी। किसी भी तरह के शारीरिक सम्पर्क के लिए बहुत गर्मी थी, पर तब भी चादरें पसीने से भीगी हुई थीं।

सीताराम अपने माता-पिता की झड़पों और क्लेशों से तंग आ गया था। बाप बार-बार यही धमकी देता था कि अगर उसने घर के लिए चार पैसे कमाने शुरू न किये तो वह उसे घर से निकाल देगा। अब सीताराम एक तरह से मेरे साथ ही रह रहा था। मैं पिछले पाँच साल से अकेला ही रहता आ रहा था और जैसे अब मुझे अपने इस अकेलेपन में ही आनन्द आने लगा था। मुझे नहीं लगता कि मैं किसी बौद्धिक की सोहबत में अपनी ज़िन्दगी गुज़ार सकता था। विलियम और जय शंकर जैसे दोस्त इंडियाना या रॉयल कैफ़े में संगत के लिए अच्छे थे, पर मुझे लगता कि मैं घर में सुबह उठते ही उनकी बहसबाज़ी सहन नहीं कर सकूँगा। विलियम तो मेरी हर कही और लिखी बात पर असहमत हो जाता था; मैं बहुत संवेदनशील था, मैं बहुत कल्पनाशील था, बहुत विस्तार में जाकर अपनी बात कहता था। शायद वह ठीक कहता था पर मैं यही चाहता था कि उसी अन्दाज़ में अपनी बात लिखूँ जिससे मुझे सबसे ज़्यादा आनन्द आये। जय के साथ लेन-देन ज़्यादा था, पर मुझे यह पता था कि वह मेरे सौ शब्दों के बदले हज़ार शब्द लिख देगा और यह एक आलसी लेखक का हौंसला तोड़ने वाली बात होगी।

सीताराम को मेरी पढ़ाई-लिखाई से कोई मतलब नहीं था। वह मुझे मेरे राइटिंग-पैड और टाइपराइटर के साथ अकेला छोड़ देता। भौतिक उपस्थिति के तौर पर, वह मुझे मंजूर था और दिन-ब-दिन दिलचस्प होता जा रहा था। वह मेरे छोटे-मोटे काम कर देता, मेरे साथ साइकिल की सवारी करने जाता और हम अक्सर महारानी के घर के बाहर से निकलते और उसने छोटी बालकनी को बगीचे में बदलने में रुचि लेना आरम्भ कर दिया था—उसकी यह रुचि इतनी ज़्यादा थी कि मेरी मकान मालकिन शिकायत करने लगी कि बालकनी का पानी चू कर, उसकी राशन की दुकान में रखे आटे के बोरों पर गिरने लगा था।

लाल रंग के जिरेनियम के साथ जल्द ही एक हल्के लाल रंग वाला फूल का पौधा भी आ गया, मैं यही सोचता रहा कि आखिर वह आया कहाँ से। फिर जब इंडियाना के मालिक ने बताया कि उसका एक गमला कोई उठा ले गया है तो समझ आया कि वह कहाँ से आया होगा।

सुरेश माथुर (जो इसी लापरवाही से अपने ग्राहकों की उपेक्षा करता था।) की लापरवाही का शिकार एक गुलाब का पौधा हो गया और उसे धीरे-धीरे सेवा-पानी के साथ ज़िन्दा किया गया। वह सिगरेट के बचे टुकड़ों, अधखाए भोजन और शराब के टूटे प्यालों की मार झेल चुका था जिसे देख कर लगता था कि शायद उस पर कभी गुलाब न खिले। उसे सुरेश माथुर की अनुमति से मेरे बरामदे तक लाया गया। उसे उस गमले की कोई कद्र नहीं थी और सीताराम के कुशल हाथों के जादू से जल्द ही नयी हरी पत्तियाँ और कलियाँ खिल गयीं।

मेरी मकान मालकिन ने कुम्हलाया हुआ हरे पत्तों वाला पौधा फेंक दिया था और उसे भी हमारी बालकनी में जगह मिल गयी, उसके साथ ही हमने एक मरियल अस्पारागस फ़र्न लगा दिया, जो विलियम मेरे लिए छोड़ गया था।

यह तो बीमार पौधों का अस्पताल लगने लगा था!

एक दिन शाम को, मैं घर की सीढ़ियाँ चढ़ते समय, 'रात की रानी' की महक पाकर ठिठक गया और मेरा दिमाग चकराया क्योंकि मुझे अच्छी तरह पता था कि हमारी बालकनी या आस-पास पड़ोस में भी कहीं यह पौधा नहीं लगा हुआ था। इमारत के बाहर एक नीम और आम का पेड़ था और यह आम का पेड़, आमों के उस झुरमुट की आखिरी निशानी थी जो इस इलाके के बसने से पहले यहाँ हुआ करता था। अब इस जगह को शॉपिंग काम्प्लैक्स में बदला जा रहा था। आस-पास कोई झाड़ियाँ नहीं थीं क्योंकि गाड़ियों और लोगों की आवाजाही लगी रहती। बस दुकानों और घरों के बाहर गमलों में पौधे दिखाई देते। और फिर रात की रानी की महक तेज़ होती गयी।

जब आधी सीढ़ियाँ चढ़कर ऊपर की ओर देखा, तो पड़ोसी की खिड़की से आती मंद रोशनी के बीच, पिता जी ऊपर खड़े दिखाई दिए। वे मुझे उसी तरह देख रहे थे—जैसे उस दिन नहर पर दिखाई दिए थे—स्नेही मुद्रा और होंठों पर सरल मुस्कान—पहले तो मैं इस सुखद आश्चर्य को देख ठगा रह गया। मेरे भीतर प्यार और उनके साथ की लहरें हिलोरें लेने लगीं, मैं सीढ़ियों की ओर लपका पर जब तक उस जगह पहुँचा, उनका अक्स मिट चुका था; अब मैं वहाँ अकेला था, रात की रानी की मीठी सुगंध अब भी मेरे साथ थी, पर और कोई नहीं था, कोई आवाज़ नहीं, बस कहीं दूर से, इंजन की शंटिंग की आवाज़ आ रही थी।

यह दूसरी बार था जब मैंने अपने पिता को इस तरह देखा, मैं नहीं जानता

कि यह सब किसलिए हुआ, हो सकता है कि वे मुझसे मिलना चाह रहे हों। शायद हम दोनों के संसारों के बीच की दूरी को लाँघना चाह रहे हों, बीते हुए, वर्तमान और आने वाले कल के संसारों की दूरी!

बालकनी पर अकेले खड़े, उस हल्की धीमी रोशनी में सड़क को देखते हुए, मैं पुरानी यादों के सागर में गोते लगाने लगा, बचपन के उन दिनों को याद करने लगा, जब पिता ही मेरे इकलौते साथी थे, दिल्ली के बाहर आरएएफ के तंबू, उनके बाहर मई और जून के धूल भरे गर्म अंधड़; और फिर छोटे शिमला की सुहानी शामों की सैर, बिशप कॉटन स्कूल की ओर जाते हुए; और उससे भी पहले, जामनगर समुद्र के तट पर घूमना, कई तरह की सीपियों के खोल उठाना और जमा करना।

मेरे पास अब भी एक था—शायद वह गोल-सा खोल, किसी घोंघे का रहा होगा। मैं उसे अपने कान से लगा कर समुद्र की लहरों की आवाज़ सुना करता, समुद्र का कभी न खत्म होने वाला संगीत। मैं जानता था कि एक दिन समुद्र और पहाड़ों में से, किसी एक को चुनना ही होगा, पर उस समय तो वह छोटी उमस और गर्मी से भरी, घाटी बड़ी बेचैनी से मानसून आने का इन्तज़ार कर रही थी...

~

आम के पेड़ बौर की मिठास से भरे थे। 'माई लव इज़ लाइक ए रेड, रेड रोज़।' रॉबी बर्न्स ने गाया और एक और ग्रामीण सुन्दरता दिखाने वाले कवि जॉन क्लेयर ने ऐलान किया, 'माई लव इज़ लाइक ए बीन-फ़ील्ड इन ब्लॉसम।' भारत में, प्रेमी और प्रेमिका अमराइयों में मुलाकातें किया करते थे, जब पेड़ बौरों से लदे रहते। अब वे ऐसा नहीं करते। अब आम के कुँज निजी स्थल नहीं रहे। बेहतर होगा कि इंडियाना के किसी अँधेरे कोने में भेंट हो, जहाँ लैरी गोम्स अपने पियानो पर पुरानी धुनें सुना रहा हो।

मैं बाल कटवाने के लिए ए.एन. जॉन्स के सैलून की ओर चल दिया, पर उसके दरवाज़े से भीतर नहीं जा सका। एक भली और उत्साही भीड़ ने सारी संकरी सड़क और लोगों के घरों के बाहर बने बगीचों में जगह घेर रखी थी।

''क्या हो रहा है?'' मैंने कैंडी बेचनेवाले से पूछा।

''दिलीप कुमार अन्दर गया हुआ है। वह बाल कटवाने आया है।''

"दिलीप कुमार! रूपहले पर्दे के सबसे चमकीले सितारे!"

"पर वे देहरा में क्या कर रहे हैं?" मैंने पूछा।

फेरीवाले ने मुझे ऐसे देखा मानो मैं महामूर्ख हूँ। "अभी तो बताया कि बाल कटाने आये हैं।"

मैं उस जगह चला गया जहाँ साइकिल किराए पर देने वाली दुकान का मालिक खड़ा था। मैंने पूछा, "दिलीप कुमार शहर में क्या कर रहे हैं?" उसने कन्धे झटके, "पता नहीं, सरकस वालों से कुछ काम होगा।"

"क्या वे सरकस के रिंग मास्टर बनेंगे?" कमीज़ और पजामा पहने एक छोकरे ने पूछा।

"बिलकुल नहीं!" उसके पीछे खड़ी चोटी वाली लड़की बोली, "नहीं, नहीं, सरकस उनको इतना पैसा नहीं दे सकता।"

"हो सकता है कि यह सरकस उनका अपना हो," वह लड़का बोला।

"यह उनके एक दोस्त का है," एक ताँगेवाले ने अपना ज्ञान बघारा। "वे सरकस की ओपनिंग करने आये हैं।"

दिलीप कुमार जिस भी वजह से देहरा में थे, यह बात तो सबने मान ली थी कि वे ए.एन. जॉन्स के यहाँ बाल सेट करवा रहे थे। वहाँ जाने के लिए केवल एक ही रास्ता था। दरवाज़े के दोनों ओर दो खिड़कियाँ थीं, पर भीड़ ने सारी जगह घेर रखी थी।

आखिर में दमकते हुए स्टार बाहर आये; वे लोगों का हाथ हिला कर अभिवादन करने लगे, सफ़ेद कमीज़ और हल्की ग्रे पैंट में बहुत सुन्दर दिख रहे थे। वे बहुत ही खुले दिल के मालिक लगे। ज़रा भी अहंकार नहीं, अपने हीरो होने का गुमान नहीं। न ही उन्होंने वहाँ से झटपट निकलने के लिए कोई अधीरता दिखाई। बिलकुल साधारण लोगों की तरह पेश आये और सबके दिलों पर गहरी छाप छोड़ गये।

सीताराम कहाँ था? स्टार्स का दीवाना दोस्त भीड़ में क्यों नहीं दिखा? मुझे वह बाद में दिखा, सरकस के तंबू लगते देख रहा था, पर तब तक तो दिलीप कुमार दिल्ली वापस जा चुके थे। वे सरकस के लिए तो बिलकुल नहीं आये थे। वे मसूरी के पास ही स्थित सैवॉय में अपने नौजवान दोस्त, नंदू जौहर से मिलने आये थे।

सरकस अपने समय पर खुला। परेड ग्राउंड रोशनी और संगीत का परीलोक बन गया। ऐसा पाँच साल में एक बार ही होता था, जब ग्रेट जैमिनी सरकस शहर में आता। यह सरकस भारत के हर छोटे और बड़े शहर में जाता था, इसलिए इसे पिछली जगह पर दोबारा आने में अमूमन इतना समय लग ही जाता था; जब तक यह वापस आता था तो कुछ एक्ट बदल जाते थे, कुछ अधेड़ कलाकारों की जगह नौजवान कलाकार आ जाते और घोड़ों, हाथियों और चीतों की नयी पीढ़ी तैयार हो जाती। इस तरह, यह अपने-आप में देहरा के लिए ब्रांड न्यू सरकस था, बस रिंग मास्टर या कलाबाज़ी दिखाने वाले ही कुछ पुराने और परिचित चेहरे देखे जा सकते थे।

सबसे बड़ा जोकर पुराना वाला था, जो पहले भी देहरा आ चुका था, उसने एक छोटे से चापलूसी से भरे भाषण से दर्शकों का स्वागत किया पर उसे अपनी

बात बीच में ही निपटानी पड़ी क्योंकि आस-पास चक्कर लगा रहे खच्चरों में से एक, ठीक उसके मुँह पर पाद गया था। क्या यह एक संयोग था या ऐसा जान बूझ कर दिखाया गया? हम दर्शक यह तय नहीं कर सके पर सभी दिल खोल कर हँसे।

सरकस में सभी तरह के लोग एक ही तंबू के तले आ जाते हैं। लोकप्रिय स्टैंड तो भरे हुए थे, इसके अलावा महँगी सीटों पर भी लोग थे। मुझे अचानक इन्दु और उसकी माँ दिखाई दीं। उनके साथ कोई ऐसा बन्दा था जो दिखने में पुरकाज़ी के प्रिंस जैसा लगा। मैंने फिर से देखा और निष्कर्ष निकाला कि वह बन्दा प्रिंस जैसा दिख नहीं रहा था, बल्कि प्रिंस ही आया हुआ था। ईर्ष्या की लहर ने मुझे खाक़ कर दिया। वह प्रिंस मेरी प्रिंसेस के साथ क्या कर रहा था? वह इंडिया या छोटे शहरों के लिए क्रिकेट क्यों नहीं खेल रहा था, या उसे पूर्वी यू.पी. में किसी ऐसे खेल के मैदान में होना चाहिए था, जहाँ लोग खिलाड़ियों पर मैदान में बोतलें और संतरे के छिलके बरसाते हैं? कहीं महारानी के दिमाग में प्रिंस के साथ अपनी बेटी ब्याहने की खुराफ़ात तो नहीं चल रही थी? मेरे दिमाग में अचानक यह भयंकर बात कौंध गयी।

वह सुन्दर था, मशहूर हो रहा था, शाही घराने से था। और शायद उसके पास रेस में दौड़ने वाले घोड़े भी थे।

पर वे घोड़े इस सरकस रिंगवाले घोड़ों जैसे नहीं होंगे। ये घोड़े दिखने में हट्टे-कट्टे लगे और बात भी मानते थे, पर ये रेस में नहीं दौड़ाए जा सकते थे। रिंग के आस-पास बैठे लोगों को उनके हाँफने और तेज़ साँसें लेने की आवाज़ें सुनाई दे रही थीं, मानो वे अपने पिछले डेरे मेरठ से अभी भागते हुए ही पहुँचे हों।

प्रिय नरगिस दलाल उन्हें अपनी गिद्ध नज़रों से देख रही थीं। उन्होंने कुछ समय पहले ही एसपीसीए (SPCA) के लिए अपनी मुहिम चालू की थी, जिसमें सरकस के जानवरों का खास उल्लेख था। वह अपने हाथ में नोटबुक और पेन लिये पूरी तरह से लैस थीं। तब वे तीस बरस के आस-पास रही होंगी और अखबार में एक लघुकथा प्रतियोगिता जीत कर मशहूर हो गयी थीं। अब उनके आलेख बड़े अखबारों में छपने लगे थे। वे विलियम को जानती थीं पर पसन्द नहीं करती थीं क्योंकि वह अक्सर घोड़ागाड़ी में यहाँ से वहाँ जाता दिखता था। वे सुरेश माथुर को जानती थीं पर उसे भी पसन्द नहीं करती थीं क्योंकि

उसने अपने पड़ोसी के कुत्ते डावरमैन को गोली से उड़ा दिया था, जो सारी रात उसकी खिड़की के सिरहाने बैठ कर रोता था। उसने इंडियाना के मालिक को भी खारिज़ कर दिया क्योंकि उसने क्रिसमस की दावत में तीतर परोसे थे। और क्या उन्होंने मुझे भी नकार दिया था? अभी तक तो नहीं। पर मैं देख सकता था कि वे आँखों-ही-आँखों में इस चीज़ को परख रही थीं कि मुझे उस शो का कितना आनन्द आ रहा था। अगर यह सच होता तो यह बात मेरे खिलाफ़ जाती। इसलिए मैंने ऊबने का दिखावा किया; फिर मुड़ कर उन्हें इस तरह देखा मानो बहुत बेचारगी महसूस हो रही हो, अपने कन्धे इस तरह झटकाए मानो यह कहना चाह रहा हूँ, 'आप जिस वजह से यहाँ हैं, मैं भी इसलिए ही आया हूँ।' शायद मेरा संदेश उन तक पहुँचा और उन्होंने दोस्ताना हामी के साथ मुस्कान दी। नरगिस, यह अपने-आप में एक बहुत ही सभ्य और शिष्ट भेंट रही।

इसके अलावा और भी कई लोग दर्शकों में शामिल थे, इनमें हल्के पीले रंग के बालों वाला लड़का टॉम ऑल्टर भी था, जो उस दिन दिलीप कुमार जी का ऑटोग्राफ़ लेने में कामयाब रहा था। टॉम अमेरिकन मिशनरियों का बेटा था, पर उसका दिल हिन्दी फ़िल्मों में रमा था और उसने मन-ही-मन फ़िल्म स्टार बनने की तमन्ना पाल रखी थी।

विलियम और जय का अता-पता नहीं था। उन्हें लगता था कि सरकस उनके बौद्धिक दर्जे के हिसाब से थोड़ा निचले स्तर पर आता था। जय ने कहा कि उसे एक तस्वीर पूरी करनी है और विलियम देश में पंचवर्षीय योजना पर एक बड़ा आलेख तैयार कर रहा था—मुझसे यह मत पूछिए कि कौन-सा वाला...उस समय खुशवंत सिंह नामक लेखक *योजना* नामक पत्रिका का सम्पादन कर रहे थे, जो पंचवर्षीय योजनाओं पर ही थी और उन्होंने विलियम से आलेख तैयार करने को कहा था। मैं सम्पादक को पंच पर उसकी पाँच ज़रूरी चीज़ों—स्पिरिट, लेमन, मसाला, चीनी और गुलाब जल के साथ एक लेख का प्रस्ताव रख चुका था—पर उन्होंने पूरी विनम्रता से इनकार कर दिया। मिस्टर सिंह को स्कॉच तो पसन्द थी पर पंच का पंचवर्षीय योजना के लेख से मेल नहीं बैठा।

सरकस की बात पर वापस आता हूँ—केरल के कलाबाज़ी कलाकार बहुत कमाल थे। तनी हुई रस्सी पर चलने वाली, आंध्रा की छोकरी अपनी

कसी हुई चमकीली नीली पोशाक में दमक रही थी। शेर को साधने वाली महिला तमिलनाडु से थी, उसका शेर थोड़ा मरियल और सहमा हुआ सा दिखता था। तकरीबन सारी प्रतिभा दक्षिण से ही थी इसलिए जब बैंड पर सुन्दर स्ट्रॉस वाल्ट्ज़, 'रोज़िस ऑफ़ द साउथ' की धुन बजने लगी तो मुझे हैरानी नहीं हुई।

रिंग मास्टर बंगाल से था। उसके पास हवा में फटकारने वाला कोड़ा था, उसकी आवाज़ ही चिंघाड़ते चीतों, उछल-कूद मचाते खच्चरों और नाचते भालुओं को शान्त करने के लिए बहुत थी। वह उस कोड़े से किसी को छूता तक नहीं था। उस कोड़े से आती सीटी की आवाज़ ही काफ़ी थी।

सीताराम मेरे साथ बैठा था, वह 'द थीफ़ ऑफ़ बगदाद' के साबू जैसा दिख रहा था, जिसे सर्कस की गतिविधि ने सम्मोहित कर लिया था। यह उसकी ज़िन्दगी का पहला सरकस था और वह हर एक्ट और कलाकारों को बड़े ही जतन से देख रहा था। चेहरे पर एक अजीब-सी बेचैनी बनी हुई थी। जब भी ट्रेपीज़ के कलाकार हवा में झूलते तो वह आह भरता। फिर वह जोकरों की हरकतों पर दिल खोल कर हँसा। वह बैंड की धुनों के साथ गाने गाता रहा और जब दक्षिण की बालाएँ खच्चरों पर सवार होकर आयीं तो वह भी बेहयाई से सीटियाँ बजाने वालों की जमात में शामिल हो गया—

Oh, to be a pony
With a girl upon my rump,
And I will take you round the ring, my dear,
Without a single bump

(ओह काश, मैं खच्चर होता और कोई लड़की होती मेरी पीठ पर सवार। और प्रिय, मैं तुम्हें बिना कोई झटका दिए सारे रिंग में मज़े से घुमाता।)

हालाँकि यह बहुत अच्छा नहीं था पर जाने क्यों मैंने तेज़ आवाज़ में इसे सीताराम को सुना दिया।

"गीत अच्छा है," सीताराम बोला। "मुझे तो दूसरे नम्बर वाली पसन्द है। सुन्दर है ना?"

"बहुत सुन्दर," मैंने हामी भरी। "उसकी आँखों में कितनी चमक है।"

"चमकदार आँखें कवियों के काम आती हैं।" सीताराम मुझे हमेशा की

तरह ज़मीन पर उतार लाया और बोला, "मुझे उसकी जाँघें पसन्द हैं। उनके बारे में कुछ कहो, कवि महोदय।"

"उसकी जाँघें हैं खरबूजों सी"—मैंने पहली लाइन बनाई।

"खरबूजे नहीं! मुझे पसन्द नहीं हैं। धोबी घाट पर चारों ओर उगे हुए हैं।"

"सॉरी दोस्त, हाफ़-मून की तरह। तुम्हें यह तो पसन्द है ना?"

"हाँ, उसके होंठ?"

"गुलाब की कलियों जैसे।"

"गुलाब की कली। ठीक। और उसकी छातियाँ?"

"उसने जैसी झालरदार पोशाक पहन रखी है। उनमें तो वे पत्तागोभी जैसी दिख रही हैं।"

सीताराम ने इतनी ज़ोर से मेरी जाँघ पर चिकोटी काटी कि दर्द होने लगा। पर वह गुस्से में नहीं था। वह पोनी पर बैठी लड़की को एकटक तब तक ताकता रहा, जब तक वह दूसरे लोगों के साथ रिंग में वापस नहीं चली गयी।

इसके अलावा और भी कई मज़ेदार करतब दिखाए गये—एक खतरों के खिलाड़ी मोटरसाइकिल सवार ने आग के गोले में मोटरसाइकिल चलाई। महिला कुश्तीबाज़ ने एक अधनींदे भालू और तीन टाइगरों को एक साथ लाकर, गोल घूमने वाले मंच पर पिरामिड-सा बना दिया, पर सीताराम बेमन से यह सब देख रहा था। उसका ध्यान अब तक अपनी सफ़ेद खच्चर पर सवार, गुलाबी धारियों वाली पोशाक वाली साँवली-सलोनी लड़की में अटका हुआ था।

घर जाते हुए, उसने मेरा हाथ थाम कर आह भरी।

"मुझे कल फिर से जाना होगा," उसने कहा। "क्या तुम मुझे कुछ पैसे उधार दोगे, दोगे ना? मुझे उस लड़की को फिर से देखना है।"

पूरे दो सप्ताह तक सीताराम सरकस के साथ व्यस्त रहा और मुझे ज़्यादा मिला भी नहीं। जब वह शाम का शो नहीं देख रहा होता था तो सुबह के समय उनके तंबुओं के आस-पास चक्कर काटता, वह रिंग मास्टर और छोटे-मोटे कलाकारों से दोस्ती गाँठने के चक्कर में था। उनमें से ज़्यादातर लोग सस्ते होटलों में ठहरे हुए थे, जो अक्सर रेलवे स्टेशनों के पास बने होते हैं। सीताराम ने स्वयं को उनका अनौपचारिक संदेशवाहक बना दिया था और उसे शहर का चप्पा-चप्पा मालूम था इसलिए सरकसवालों को भी बहुत फ़ायदा हो गया था। उसने उन्हें बताया कि कपड़ों की सिलाई आदि कहाँ से होगी, उनकी ड्राईक्लीनिंग या धुलाई कहाँ से करवा सकते थे; उसने उन्हें खाने-पीने की बढ़िया जगह दिखाईं; 'कोमल' या 'चाचे दा होटल' जैसी जगहों का पता बताया, (उन लोगों को 'इंडियाना' या 'रॉयल कैफ़े' से कोई काम नहीं था) उन

लोगों की डाक पोस्ट करना; उनके लिए नाई और मशालची ले जाना; अख़बार लाकर देना। वह तो शेर की लेडी रिंग मास्टर के लिए *मद्रास मेल* की कॉपी का भी जुगाड़ कर लाया था।

एक दिन, देर रात (शायद सबसे आखिरी शो खत्म होने के बाद) उसने मुझे गहरी नींद से जगाया और बिना कुछ कहे, एक लड्डू मुँह में ठूँस दिया। मुझे यह मिठाई इतनी पसन्द नहीं, खासतौर पर आधी रात को बिस्तर में तो बिलकुल नहीं, जब उनके ज़रा से भी कतरे चींटियों की पूरी फ़ौज को आकर्षित कर सकते थे। अभी मैं लड्डू को निगल ही रहा था कि उसने मुझे खुशखबरी सुनाई।

''मुझे सरकस में नौकरी मिल गयी!''

''क्या, जोकर के सहायक बनोगे?''

''नहीं, अभी तो नहीं। पर मैनेजर मुझे पसन्द करता है। उसने मुझे अपना ऑफ़िस ब्वॉय बना लिया। दो सौ रुपये महीने की पगार होगी!''

''हाँ मैं भी तकरीबन इतने ही कमा लेता हूँ पर तुम्हें सारा दिन भाग-दौड़ करनी होगी। और उस लड़की का क्या हुआ—वही सफ़ेद खच्चरवाली, उससे बात हुई क्या?''

''मैंने उससे बात की थी। वह जब भी मुझे देखती है, मुस्कुराती है। मैंने सारी लड़कियों से बात की है। वे बड़ी अच्छी हैं—यह साउथ इंडिया वाली लड़की तो बड़ी प्यारी है।''

''मेरे मुक़ाबले तुम लड़कियों के मामले में लकी हो।''

''क्या तुम उस कुश्तीवाली से मिलना चाहोगे?''

''वही जो रोज़ रात को भालू से कुश्ती करती है? उसके बाद क्या उसके पास किसी इन्सान के लिए वक्त बचता होगा?''

''कहते हैं कि उसका चक्कर रिंग मास्टर से चल रहा है, मिस्टर विक्टर। अगर वह ज़्यादा बिगड़ैल हो जाये तो वह (रिंग मास्टर) अपना कोड़ा इस्तेमाल करता है।''

''मेरा इन कुश्तीवालियों, शेरों, भालुओं और कोड़ों से कोई लेना-देना नहीं है। अब मुझे सोने दे! मैंने सुबह एक कहानी लिखनी है, वह भी रोमांटिक!''

''नाम क्या रखोगे?''

'' 'द नाइट ट्रेन एट देओली', अब सोने जाओ।''

वह मेरी ओर झुका और गाल पर ज़ोर से काट लिया। मैं चिल्लाया।

''यह क्या था?'' मैंने जानना चाहा।

''बाघ इसी तरह प्यार करते हैं,'' उसने कहा और रात के अँधेरे में गायब हो गया।

~

हमें बताया गया था कि मॉनसून पन्द्रह दिन की दूरी पर ही था, हम सभी जून के धूल और गर्मी से भरे दिनों से छुटकारा पाना चाह रहे थे। कई बार तो रातें बर्दाश्त से बाहर हो जातीं, पूर्वी देहरा के इलाके में मच्छरों का भारी हमला होता। उन दिनों पश्चिमी देहरा की तुलना में पूर्वी देहरा में मलेरिया का कहर ज़्यादा था, शायद यह निचला इलाका था और यहाँ के तालों और नालों में पानी था। जंगली भालुओं और बारहसिंगों की भरमार थी।

पर यह आमों का मौसम था और गर्मियों के मौसम में इससे बड़ी राहत की बात क्या हो सकती थी। मैं आमों से भरी बाल्टी तैयार रखता और दिन में कई बार उसमें से आम निकालकर खाता। मेरे यहाँ आनेवाले जय शंकर, विलियम, सुरेश माथुर और दूसरे लोग भी उसका लाभ उठाते।

मेरे यहाँ आनेवाले रोचक मेहमानों में से एक, जी.वी. देसानी भी थे, जिन्होंने कुछ साल पहले, एक उपन्यास लिखा था, *ऑल एबाउट एच. हैटर*। मुझे शक था कि हैटर का किरदार उनके ऊपर ही था, क्योंकि वे बहुत ही झक्की थे और उन्होंने ही एक बार बताया था कि वे कॉफ़िन में सोते थे।

''क्या आप उसे अपने साथ रखते हैं?'' मैंने इंडियाना में कॉफ़ी पीते हुए पूछा था।

''नहीं? होटलवाले मुझे लॉबी में उसे लाने नहीं देते, कमरे तक ले जाना तो दूर रहा। होटल के मैनेजर पता नहीं मौत के नाम से इतना डरते क्यों हैं? सही बात है ना?''

"एक कॉफ़िन से अच्छा कॉफ़ी टेबल बन सकता है। हम इंडियाना के मालिक को यह बात समझा सकते हैं।"

"रेलगाड़ी वाले भी अहमक होते हैं। आप इसे कम्पार्टमेंट में नहीं रख सकते और ब्रेक वैन में यह टूट जायेगा। मेरा तो वैसे भी महोगनी का महँगा कॉफ़िन है, जिसमें मखमल जड़ा है।"

"दुआ करता हूँ कि आप लम्बी उम्र तक इसमें आराम से सोते रहें। क्या आप चाहते हैं कि आपको उसमें ही दफ़नाया जाये?"

"नहीं, मैं चाहता हूँ कि किसी अच्छे हिन्दू की तरह मेरा भी दाह संस्कार हो। पर मैं अपना कॉफ़िन किसी अच्छे ईसाई मित्र को दे दूँगा। क्या तुम इसे लेना चाहोगे?"

"मैं तो दाह संस्कार करवाना ही पसन्द करूँगा। मैं कोई बहुत अच्छा ईसाई नहीं हूँ। सारी ज़िन्दगी एक नास्तिक ही रहा। हो सकता है कि बूढ़ा होने पर थोड़ा आस्तिक बन सकूँ।"

इसके बाद मिस्टर देसानी ने मुझे बताया कि वे अपने ही नॉवल को नोबल पुरस्कार के लिए नामित करने जा रहे थे। उन्होंने पूछा कि क्या मैं उनकी उस अपील पर हस्ताक्षर कर दूँगा जिसमें उनकी किताब का गुणगान करने के बाद, उसे नोबल पुरस्कार कमेटी को पेश किया जायेगा। मैंने कहा कि मैं तो भलाई का काम करने के लिए हमेशा तैयार रहता हूँ। फिर मुझसे पूछा गया कि क्या मैं साहित्य से जुड़े लेखकों या लोगों को जानता हूँ, जो उस अपील को अपना समर्थन दे सकें। मैंने उन्हें बताया कि नरगिस दलाल; प्रख्यात स्विस पत्रकार विलियम मेथसन; *ईव्स वीकली* के लिए गार्डनिंग का स्तंभ देने वाली बूढ़ी मिसेज़ डि'सूज़ा और दून स्कूल के होल्ड्सवर्थ की मदद ली जा सकती है जिसने फ्रेंक स्मिथ के साथ कमेटी बनाई और बॉम्बे नेचुरल हिस्ट्री सोसायटी के जर्नल का ब्यौरा तैयार किया है—इसके अलावा जय शंकर भी था, जो स्टेंडल की तरह डायरी लेखन कर रहा था और सुरेश माथुर भी तो था, जो पी.जी. वुडहाउस पर पीएच-डी. करने की योजना बना रहा था। मैंने उस महान लेखक को वे सब नाम और पते दे दिए और उनमें सिट-सेफ़

के आविष्कारक का नाम भी शामिल कर दिया। जो भी हो, उसने भी तो इस युवा लेखक को अपनी टॉयलेट-सीट का ब्रोशर तैयार करने का कमीशन देकर प्रोत्साहित किया था।

मिस्टर देसानी ने अपना ब्रोशर स्वयं तैयार किया, जिसमें उनके लेखन की तारीफ़ करनेवालों के वक्तव्य शामिल किये गये थे। मैंने उनकी अपील पर हस्ताक्षर किये और उन्हें इजाज़त दी कि वे मेरी कॉफ़ी का बिल अदा कर सकते हैं।

जब मैं इंडियाना के गोल घूमने वाले दरवाज़े से बाहर निकला तो इन्दु और उसकी माँ भीतर आती दिखीं। अब बहुत देर हो चुकी थी, मैं वापस नहीं मुड़ सकता था। मैंने उसी सज्जन की तरह सिर झुकाया, जैसा बनने की उम्मीद मेरी नानी ने मुझसे हमेशा रखी और उनके लिए दरवाज़ा खोल दिया। वे हवा के झोंकों की तरह इतरा कर अन्दर चली गयीं। लैरी गोम्स उदासी से घिरी 'स्मोक गेट्स इन यूअर आईज़' की धुन बजा रहा था।

वॉरकेस्टर की लेडी वार्ट, लेडी ट्राईटन और अर्ल ऑफ़ स्टॉपवाटर, आदरणीय रॉबिन क्रेज़ियर, मिस्टर एंड मिसेज़ पैडी स्नॉट-नोबल, द अर्ल और काउंटेस ऑफ़ लॉस्ट मार्बल्स, जनरल सर पीटर डि एल, ' ऑरेंज पील...

ये कुछ ऐसे बड़े नाम थे जो दून क्लब के मेहमानों की सूची में शामिल थे और सदी के अन्त में उनके सदस्य भी रहे, उस दौरान यह शहर अंग्रेज़ कुलीनतंत्र के लिए पसन्दीदा आरामगाह थी। क्लब ने अपने सदस्यों की इतनी अच्छी देख-रेख की कि उनमें से अधिकतर देहरा में ही स्थायी तौर पर बस गये, उन्हें हरिद्वार रोड के निकट चन्द्रनगर कब्रिस्तान में दफ़नाया गया।

मेरे अपने पूर्वज कुलीन वर्ग से नहीं थे। डैड के पिता, स्कॉट रेज़ीमेंट के अट्ठारह साला जवान के तौर पर भारत आये, जो किपलिंग के 'सोल्ज़र थ्री'—प्राइवेट्स ओथेनीस, मुलवाने और लीरॉयड के समकालीन थे। उन्होंने एक

अनाथ लड़की से विवाह किया जिसे बिहार के मोतीहारी कस्बे में नील के खेत में पाला गया था। मेरे नाना जी इंडियन रेलवे में काम करते थे, वे सेंट्रल इंडिया के किसी रेलवे जंक्शन पर, रेलवे वर्कशॉप में फ़ोरमैन के पद पर रहे। उन्होंने एक आलीशान और दृढ़ संकल्पशक्ति वाली महिला से विवाह किया, जिसका पालन-पोषण भारत में ही हुआ था। डैड का जन्म शाहजहाँ मिलिट्री कैम्प में हुआ और माँ का जन्म कराची का था। इस तरह मेरे पूर्वज अधिकतर यूरोपियन थे और मैं तीसरी पीढ़ी का इंडिया का जन्मा हुआ था। एंग्लो-इंडियन शब्द अपने-आप में कई अर्थों के लिए इस्तेमाल होता है—ब्रिटिश प्रवासी, बूढ़े कोई-हाई, कर्नल करी या कैप्टन चपाती या फिर यूरेशियन—मैं अक्सर इनका प्रयोग नहीं करता। मेरे लिए इंडियन कहलाना ही बहुत है। मेरे रिश्तेदार दुनिया के कई हिस्सों में फैले हो सकते हैं, पर मुझे उनसे मिलने में कोई खास दिलचस्पी नहीं है। मेरे पैर गंगा के मैदानी इलाके में मज़बूती से जमे हैं।

नाना जी (रेलवे से) देहरादून में रिटायर हुए। (पहले इस जगह को लोग देयराहधून कहा करते थे।) उन्होंने ओल्ड सर्वे रोड पर एक बढ़िया बँगला बनवाया। अफ़सोस से कहना पड़ता है कि आज़ादी के समय, जब उनके अधिकतर बच्चों ने देश छोड़ने का निर्णय लिया तो उसे बेच दिया गया। मेरे पिता की मृत्यु के बाद मेरी माँ ने एक पंजाबी सज्जन से ब्याह किया और मैं भारत में ही रह गया। बस कुछ वर्ष के लिए इंग्लैंड और चैनल आईलैंड अवश्य गया था। मैंने देहरा आकर पाया कि माँ और सौतेले पिता भी नहीं रहे थे, पर यह अब भी घर था और उस कब्रिस्तान में बहुत सारे सम्बन्धी सोये थे जिनमें नाना और पड़नानी भी शामिल थे। अगर मैं उनकी कब्र पर बैठता तो ऐसा लगता मानो उनकी जायदाद का एक हिस्सा मिल गया हो। न कोई बँगला और न ही खेतीबाड़ी करने को ज़मीन का कोई टुकड़ा पर कुछ फ़ीट तृणभूमि। कब्र के चारों ओर गेंदे के फूल भी खिले हुए थे। और एक हल्का नीला-सा नन्हा फूल, जिसे मैं हमेशा देहरादून से जोड़ कर देखता आया था। ये खड्डों, खाली प्लॉटों, उपेक्षित बगीचों, फुटपाथ के किनारे, खेतों की मेड़ों पर, चूना भट्टियों के पीछे और किसी भी जगह उगे हुए दिख जाते। आप भले ही इसे खरपतवार कह लें पर मैं हर उस पौधे की कद्र करता हूँ जो ईंट, सीमेंट, पैट्रोल की गंध, चरती हुई

गौओं और बकरियों, गर्मी और सर्दी और उमगते हुए नालों के बीच भी शान से पनप जाता है। जब तक हमारे आस-पास नन्ही खरपतवार उगी हुई है, तब तक इन्सान और प्रकृति के लिए उम्मीद भी ज़िन्दा रहेगी।

कब्रिस्तान में कदम रखते ही मन जाने कैसे शान्त हो उठता था। क्या मेरे बहुत पहले जा चुके सम्बन्धियों को मेरी मौजूदगी से खुशी होती थी? मैंने उन्हें किसी रूप में देखा नहीं था, पर क्या कब्रिस्तान ही विदा ले चुकी आत्माओं के भटकने की आखिरी जगह नहीं होती? अगर उन्हें मौका मिले तो वे अवश्य ऐसी जगहों पर रहना चाहेंगे जहाँ वे अपनों के बीच प्रसन्न रहते थे। मैं भूतों की उन कहानियों से कभी सहमत नहीं रहा जिनमें भटकी हुई आत्मा, दुर्घटनास्थल पर दोबारा आती है। वे इस धरती या स्वर्ग में भी, उन अनचाहे दुखद पलों को फिर से क्यों जीना चाहेंगे?

मेरी माँ का कहना था कि नाना जी का हास्यबोध बहुत ही धूर्त टाइप का था, वे अक्सर अपने सम्बन्धियों को अपने घर के अजीबोगरीब जीवों से मिलवा देते, जो वापस जाने का नाम नहीं लेते थे। इस तरह नन्हा झड़ीपानी चमगादड़ मेबल आँटी के कमरे में मिलता, साही मेजर क्लॉर्क की चादर में पसरी दिखाई देती। उनकी एक रिश्ते की बहन मिसेज़ ब्लेंचेट को अपने घर में बहुत सारे सफ़ेद चूहे घूमते दिखे और एक पड़ोसी को पपीतों का एक पैकेट मिला, जिनमें एक बड़ा-सा हरा और पीला गिरगिट रखा गया था।

और जब मैं उनकी कब्र पर करीब पचास या साठ फीट की दूरी पर था, तो मुझे वहाँ खड़े मंगोलिया पेड़ के नीचे सुस्ताते चीते को देखकर कोई हैरानी नहीं हुई।

क्या वह चीते का बच्चा बड़ा हो गया था जो उन्होंने मेरे बचपन में पाला हुआ था? क्या मरे हुए चीतों की आत्माओं ने पुरानी आत्माओं की कब्रों पर आना शुरू कर दिया था? ज़िन्दा चीते निश्चित तौर पर ऐसा कर सकते थे, जब वह हिला, उबासी लेकर अपनी दुम हिलाई, तो मैंने तय किया कि मैं वहाँ खड़ा होकर यह नहीं सोचूँगा कि वह कोई असली चीते था या उसका भूत!

मैं तेज़ी से दरबान की ओर लपका, मैंने देखा कि एक पुरानी कब्र के

पत्थर (कर्नल पोनसोबी ऑफ़ हर मेजेस्टी ड्रैगूंस) के पास ही एक मोटी-ताज़ी बकरी बँधी थी, मैंने नतीजा निकाला कि चीता भी उसे देख चुका था और वह उसे खाने से पहले थोड़ा सुस्ता लेना चाहता था।

मैंने चिल्लाकर दरबान से कहा, "नाना जी की कब्र पर एक चीता है," वह अपने पत्तागोभी के खेतों में काम कर रहा था (और उसकी पत्तागोभी वाकई कमाल थीं।)

दरबान थोड़ा ऊँचा सुनता था और उसे लगा कि मैं उससे परिवार के किसी सदस्य की शिकायत कर रहा था, वे लोग अक्सर कब्र के पत्थर को सिल बना कर मसाला पीसा करते थे।

"अरे यह मसूद का काम होगा। मैं अभी उसकी लाठी से खबर लेता हूँ।" वह अपनी लाठी उठा कर कब्र की ओर चल दिया।

एक चीख, एक दहाड़ और दरबान भागता आया, वह एक झटके में गेट से बाहर था।

"साहिब, पुलिस को भेजो," वह चिल्लाया। "यह तो सरकस का चीता लगता है। वहीं से भाग कर आया होगा।"

मन-ही-मन, मना रहा था कि कहीं सीताराम सरकस से इस बचकर निकले चीते की पकड़ में न आ गया हो। मैं परेड ग्राउंड में खड़े सरकस के तंबुओं की ओर लपका। उस समय कोई शो नहीं चल रहा था। दोपहर का समय था और शायद सभी सुस्ता रहे थे। अगर कोई चीता खोया भी था, तो किसी को इस बारे में पता नहीं था।

"सीताराम कहाँ है?" मैंने एक आदमी से पूछा।

"वह तो खच्चरों को नहलाने में मदद कर रहा है," उसने बताया।

पर वह खच्चरों के बाड़े में नहीं था। मैं पीछे की ओर गया जहाँ बड़े पिंजरे में शेर को रखा जाता था (शेर उनींदा-सा पड़ा था, शायद लॉयन लेडी ने उसे कल रात बहुत थका दिया होगा)। एक दूसरे पिंजरे में चीते को रखा जाता था (जो मेरा सिर खाने को तैयार दिख रहा था) और तीसरे पिंजरे का दरवाज़ा खुला दिखाई दिया—वह खाली था!

तभी कोई मेरे पीछे से मस्ती में सीटी बजाता हुआ आया। वह सीताराम था!

"तुम्हें चीते पसन्द हैं?" उसने पूछा।

"यहाँ तो एक ही दिख रहा है। शो में तीन होते हैं, बाकी कहाँ हैं?"

"यहीं हैं, आज सुबह मैंने ही तो खाना डाला था।"

"उनमें से एक सैर को निकल गया है। किसी ने उसके पिंजरे का दरवाज़ा खुला छोड़ दिया होगा। अगर यह वही चीता है जो आज मैंने कब्रगाह में देखा, तो शायद वह अपने दूसरे भोजन के प्रबन्ध में है—या कुछ मीठा खाने का जुगाड़ कर रहा होगा।"

सीताराम तंबू की ओर भागा, वह चिल्लाता हुआ ट्रेनर और रिंग मास्टर को बुला रहा था। और तभी चारों ओर हल्ला मच गया। किसी ने भी चीते को वहाँ से भागते हुए नहीं देखा था। वह परेड ग्राउंड के कोने में खड़े बाँसों के झुरमुट की ओर से निकल गया होगा, वहाँ से फ़ॉरेस्ट रेंजर कॉलेज और फिर पुलिस लाइन का चक्कर लगाते हुए कब्रिस्तान की रौनक बढ़ाई होगी। पर अब वह कहाँ पहुँच गया होगा।

उस समय, वह देहरा की बड़ी सड़क के ठीक बीचोबीच चल रहा था और उसी तरह सारा ट्रैफ़िक जाम हो गया था जैसे पिछली बार पंडित नेहरू के शहर आने पर हुआ था। हो सकता है कि मिस्टर नेहरू को यह बात पसन्द आती, उन्हें चीते भी पसन्द थे। पर देहरा के नागरिक कोई खतरा मोल नहीं लेना चाहते थे। वे उसे देखते ही तितर-बितर होने लगे। दिल्ली वाली बस झटके से कोने में जा अटकी, ताँगेवालों ने अपने ताँगे ऐसे दौड़ाए कि बंगलौर रेस में शामिल हुए होते, तो देहरा की शान बन जाते।

बस एक ही जीव ऐसा था, जिसने किसी भी हाल में टस-से-मस होने से इनकार कर दिया था, यह एक बड़ा बैल था (यही बैल एक बार मेरी सीढ़ियों के आगे ऐसा जमा कि मेरे लिए अपने ही घर जाना मुहाल हो गया था।) ये जनाब सड़क के बीच में किसी टापू की तरह जमे रहते थे। इन्हें कार, बस, ताँगों या ट्रकों के लिए भी हटना पसन्द नहीं था और ऐसे में एक चीता इनके लिए क्या मायने रखता था।

और चीता, अपना अधिकतर जीवन कसाई का कटा मांस खाने के बाद, ताज़ा मांस खाने की ताकत नहीं रखता था (बैल ने भी उसकी ओर कोई ध्यान नहीं दिया) इसलिए वह इंडियाना की रसोई के पिछले दरवाज़े की ओर बढ़ा।

इंडियाना से लगभग सभी कूच कर चुके थे। विलियम मेथसन अक्सर अपने दोस्तों के बीच वहीं अपने विदेशी किस्सों की डींगें हाँकता दिखता था, वह उस दिन वहाँ नहीं था; वह भाग कर मेरे फ़्लैट के सुरक्षित माहौल में आ चुका था। लैरी गोम्स ने 'एनीवर्सरी वाल्ट्ज़' बजाते-बजाते छोड़ा और रेस्तराँ से भाग कर बाहर आ गया। इंडियाना का मालिक बाहर निकला तो रॉयल कै.फ़े के मालिक से टकरा गया, दोनों एक-दूसरे का चुनी हुई पश्तों गालियों से स्वागत करने लगे, वे दोनों मूल रूप से पेशावर से थे। दून स्कूल का महत्वाकांक्षी छोकरा स्वामी अय्यर अखबार का संवाददाता बनना चाहता था, उसने मुझे मकान मालकिन की दुकान के आगे ही घेर लिया और पूछा कि क्या मेरे पास हल्द्वानी वाले जिम कार्बेट का नम्बर है।

''पर वे तो नर-भक्षी चीतों को ही मारते हैं?'' मैंने कहा।

''पर लोग कह रहे हैं कि वह बाज़ार में तीन लोगों को खा चुका है।''

''कैसी बेतुकी बात! कोई भी स्वाभिमानी चीता तीन कोर्स वाला खाना नहीं खाएगा।''

''बात तो वही है। लोग खतरे में हैं।''

''तो हम जिम कार्बेट को बुला ही लेते हैं। ग्रीन बुकशॉप वाले अरोड़ा के पास उनका नम्बर होगा''

मिस्टर अरोड़ा को हमसे कहीं ज़्यादा जानकारी थी और उन्होंने हमें बताया कि जिम कार्बेट तो कई साल पहले कीनिया जाकर बस गये थे।

स्वामी के चेहरे पर मायूसी छा गयी। ''मुझे लगा कि उन्हें भारत से इतना प्यार था कि उन्होंने जाने से इनकार कर दिया होगा।''

''लगता है कि तुम मेयो स्कूल के जैक गिब्सन के साथ उनके नाम को लेकर गलतफ़हमी में हो,'' मैंने कहा

तब तक चीता बड़े ही मज़े से इंडियाना का फेरा लगाकर सड़क के बीच आ गया था। सुरेश माथुर बड़े ही आराम से अपनी 1936 हिलमैन मॉडल में

राजपुर रोड पर चला आ रहा था। वह आधी रात तक शराब के नशे में चूर, पत्ते खेला था, इसलिए मारे हैंगओवर के हालत पस्त थी। अब वह रॉयल कैफ़े की ओर जा रहा था और उसे पूरा यकीन था कि एक ठंडी बियर ही उसके काम आ सकती थी। जब उसने चीते को देखा, तो उनकी प्रतिक्रिया, जो ऐसे समय में कभी भी अच्छी नहीं थी, उन्होंने पूरी तरह से साथ छोड़ दिया और उसने अपनी गाड़ी भाई ध्यान सिंह की दुकान के सामने वाले फुटपाथ पर ले जाकर भिड़ा दी। काँच की खिड़कियाँ टूटते ही रम की कई बोतलें भी चकनाचूर हुईं और सुरेश माथुर उनके बीच बड़ा खुश दिखाई दिया। ट्रिपल एक्स रोज़ा रम की गंध नथुनों में गयी और बाहरी बरामदे में धारा बहने लगी, यह तो पियक्कड़ों के लिए नदी बहाने वाली बात हो गयी थी, उन्होंने रम में अपने रुमाल भिगोने शुरू कर दिए, अगर सुरेश को होश होता तो शायद वह भी यही करता।

हम उसे सुनसान पड़े इंडियाना में उठाकर लाए और डॉक्टर शर्मा को बुलवाया।

''इसके साथ कुछ खास गलत नहीं हुआ। थोड़ी खून की कमी लग रही है।'' और वे उसे विटामिन बी-12 का इंजेक्शन देने लगे। वे हर ज़िन्दा इन्सान का अपना यही मनपसन्द इलाज करते थे। उन्हें विटामिनों की खुराक पर बड़ा भरोसा था।

पता नहीं बी-12 से सुरेश का कुछ भला हुआ या नहीं, पर सूई की नोक चुभते ही वह चिहुँक कर उठा और पलकें मिचमिचाते हुए मुझे देखकर बोला, ''ऐसा लगा कि मैंने चीता देखा था। ओल्ड ब्वॉय! एक-एक जाम हो जाये।''

''मैं तुझे बियर पिलाता हूँ,'' मैंने कहा। ''पर तुझे भाई ध्यान सिंह के नुकसान की भरपाई करनी होगी और अपनी कार की मरम्मत करवानी होगी।''

''और ये इंजेक्शन पाँच रुपये का है,'' डॉक्टर ने अपनी टाँग अड़ाई।

''बियर के भी यही दाम हैं। मैं तुम्हें एक वह भी पिला दूँगा।''

तो इस तरह हमने इंडियाना में कई बोतल बियर चढ़ाई, डॉक्टर शर्मा लगातार विटामिन बी-12 का गुणगान करते रहे और सुरेश ने बताया कि अब उसे पता चल गया है कि चौथे आयाम में प्रवेश करने का क्या मतलब होता है।

हमने जल्दी ही चीते को भुला दिया और जब मैं दो घंटे बाद अपने कमरे

में पहुँचा तो देखा कि डाकिया मेरे इन्तज़ार में बैठा था। वह *सैनिक समाचार* (सशस्त्र बल साप्ताहिक पत्रिका) से पच्चीस रुपये का मनीऑर्डर लाया था। मैंने उसे पाँच रुपये की टिप दी और बाकी नोट आड़े वक्त के लिए सँभाल लिये—रेनी डे के लिए सँभाले गये नोट शायद अगले ही दिन लगने वाले थे, क्योंकि दक्षिण की ओर से मानसून के बादल आते हुए दिखाई दे रहे थे।

कहते हैं कि जिनका मन साफ़ हो, उन्हें गहरी नींद आती है। मैं तो बहुत सोता हूँ। अक्सर मुझे दुपहरी में गहरी नींद आती है और मैंने कभी किसी आदमी के पैसे, बीवी या धुन पर हाथ नहीं डाला इसलिए मेरी अंतरात्मा मुझे कभी नहीं सताती।

मैंने एक ठोकर में अपनी चप्पलें उतारीं और पलँग पर लेट कर अपनी मनपसन्द मैक्सिकन कहावत पर गौर करने लगा : 'कुछ न करना और फिर उसके बाद आराम करना, कितना मधुर लगता है ना!'

मैंने उम्मीद की कि शायद चीते को भी दुपहरी में सुस्ताने के लिए कोई जगह मिल गयी होगी। सबके प्रति सद्भावना के साथ मैं गहरी नींद में समा गया और शाम ढले आँख खुली, कहीं दूर ज़ोर का तूफ़ान आ रहा था।

चीता बड़े ही आराम से दबे पाँव, एक निश्चित उद्देश्य के साथ दिलाराम बाज़ार से होता हुआ निकला, उसने अपने आस-पास चीखते-चिल्लाते और उससे डरकर भागते जीवों की ओर कोई ध्यान नहीं दिया। वह तो उन्हें सरकस में रोज़ ही देखता था—सारे मारे उत्साह के चिल्लाते थे और इस बात में उसे कोई खतरा नहीं दिख रहा था।

दिलाराम सड़क के दूसरी ओर से, अपनी ही तरह का एक और चीता आ रहा था—सब इंस्पैक्टर शेर ('Tiger') सिंह, वह स्थानीय पुलिस चौकी का इंचार्ज था। 'शेर' सिंह का मन खुशी से फूला नहीं समा रहा था। उसका छोटा-सा थाना, संदेहास्पद अपराधियों की पिटाई के लिए जाना जाता था और उसने पिछली रात के दौरे के दौरान, तीन संदिग्ध चोरों से थर्ड डिग्री के साथ जमकर पूछताछ की थी। उनमें से किसी ने भी अपना ज़ुर्म नहीं कबूला, पर 'शेर सिंह' को अपना

आनन्द मिल चुका था (देख कर यही कहा जा सकता था कि उसे इस तरह दूसरों को कष्ट देकर बहुत आनन्द आता था।) उसने एक नौजवान को ठोकरों की मार से अधमरा किया, दूसरे की आँखें मुक्कों की मार से काली कर दीं और तीसरे की टखने और पिंडली की हड्डी चटका दी। उनकी ये दशा करने के बाद, उन्हें इस चेतावनी के साथ सड़क पर पटक दिया गया कि वे आगे से अपने-आप को बेदाग रखने की कोशिश करेंगे।

अगर इन नौजवानों के पास सब-इंस्पैक्टर और उसके चमचों के लिए दो सौ रुपये भी होते तो शायद उनकी यह हालत न होती पर वे तीनों बेरोज़गार थे और मदद के लिए कोई दोस्त या सम्बन्धी भी नहीं था; इस तरह वे पिट कर और अपमानित होकर, किसी तरह रेंगते हुए अपने घर तक पहुँचे। 'शेर' सिंह को संदिग्ध अपराधियों और उठाईगीरों से मिले पैसे से बहुत लगाव था पर कई सालों की नौकरी ने उसे परपीड़क बना दिया था और अब उसे लोगों की नाक तोड़ने और दाँत उखाड़ने में भी उतना ही मज़ा आने लगा था। उसका दावा था कि वह बेहोशी की दवा के बिना भी दाँत उखाड़ सकता था और उनके लिए निःशुल्क सेवा दे सकता था, जिनके पास दंत चिकित्सक के पास जाने के लिए पैसे नहीं थे। उसकी यह सुविधा लेने को कोई तैयार नहीं था।

आज वह अकेला ही फुटपाथ की ओर से मूँछें मरोड़ता हुआ निकला। दूसरा हाथ हमेशा की तरह नीचे खिसक रही पतलून को ऊपर खींचने में व्यस्त था। वह खाते-पीते घर से था इसलिए उसकी तोंद बेल्ट से बहुत बाहर आ जाती थी। उसे अपनी भारी रिवॉल्वर रखने की पेटी के साथ अपनी फिसलती पतलून को सँभालने में बहुत मशक्कत करनी पड़ती थी। अगर वह चीते के ठीक सामने न आया होता तो शायद चीता उसे अनदेखा भी कर देता। पर वह उसके सामने ठिठक कर खड़ा हो गया, वह इतना डर गया था कि न तो अपनी रिवॉल्वर निकाल सका और न ही अपनी पतलून ऊपर कर सका।

चीते ने झपट्टा मारा और उसे नीचे गिरा दिया। उसे उसकी मोटी गर्दन से दबोचा और जंगली झाड़ियों की ओर खींच ले गया। शेर सिंह ने एक कराह निकाली, जो गड़गड़ाहट में बदल कर रह गयी क्योंकि उसके गले से खून बलबल करता बाहर आ गया था।

चीते इन्सानी मांस नहीं खाते। केवल अपाहिज या कमज़ोर जानवर ही इन्सानी मांस खाते हैं क्योंकि वे शिकार नहीं कर पाते। यह सच है, सरकस का शेर शिकार करना भूल गया था, पर उसकी सहज प्रवृत्ति ने उसे याद दिला दिया था कि घने जंगल में उसे अपने लिए ज़्यादा स्वादिष्ट भोजन मिल सकता था। और जंगल बहुत दूर नहीं था (उन दिनों जंगल पास ही था)। उसने मरे हुए पुलिसवाले को वहीं छोड़ा और आगे चल दिया। अगर उसके सहकर्मियों ने आकर उसे उठा न लिया होता तो वह शायद गिद्धों के लिए दावत बन सकता था।

पोस्टमार्टम की रिपोर्ट में कहा गया, 'जंगली चीते के हाथों मारा गया' यह रिपोर्ट झूठी थी क्योंकि वह चीता पालतू था। लेकिन यह सब-इंस्पैक्टर द्वारा दी गयी कमज़ोर दलील थी। उसके परिवार को पेंशन मिली और उसके बाद वे खुशी-खुशी रहने लगे।

चीता और सब-इंस्पैक्टर, दोनों ही कर्मों के नियम को नहीं जानते थे, न ही उन्हें इमर्सन (Emerson) के क्षतिपूर्ति नियम के बारे में पता था, लेकिन अवश्य वो नियम अपना काम ज़रूर कर रहे थे।

ज्यों ही चीते ने वन में शरण ली, तब तक तलहटी में जमा बादलों ने भी बरसने का निर्णय ले लिया। शहर, घाटी और पहाड़ियों पर मानसून की पहली बारिश ने दस्तक दी। एक ही मिनट में, पेड़ों, छतों और फुटपाथों से दो महीने की जमा धूल उतर गयी। देहरा की सड़कों पर झमाझम पानी बरस रहा था और लोग सिर छिपाने को जगह खोजते फिर रहे थे। महीनों बाद छतरियों को हवा लगी। हवा के झोंकों ने सरकस के तंबू को बुरी तरह से हिला कर रख दिया। मिट्टी में पानी की गंध सूँघते हुए बूढ़े शेर ने उठ कर खुशी से एक दहाड़ मारी। खच्चर अपनी अयालें हिलाने लगे, हाथी ज़ोर से चिंघाड़ा। बौनों में से एक, लेडी लॉयन के साथ व्यस्त था, अब और भी मस्ती में मग्न हो गया। लेडी लॉयन मारे आनन्द के चिल्लाई; कहा जाता था कि बौना हर काम के लिए ठिगना था पर उस एक काम में माहिर था, जिसमें कोई दूसरा उसका मुकाबला नहीं कर सकता था।

बारिश रेलवे यार्ड पर छा गयी, उसने इंजनों और गाड़ियों की कालिख

और गंदगी धो डाली। चाय के बागानों और गन्ने के खेतों को जैसे नयी ज़िन्दगी मिल गयी हो। केंचुए भी नम माहौल की महक पाते ही बाहर निकल आये और मुलायम कीचड़ में मस्त होकर लोटने लगे।

कीचड़! भैंसें उसमें डकारने लगीं; बच्चे उसमें कूदने लगे; मेंढकों के बीच जाने कौन-सी बतकहियाँ होने लगीं। शानदार दलदली कीच! भले ही साल के बाकी समय में उससे नफ़रत होती हो, पर मानूसन के पहले दिन तो उसकी बात ही कुछ और होती है। तलहटियों से बह कर बहुत सारा कीच नीचे आ जाता था, नाले और नहरें उस कछार से बन्द होने वाले थे और उनके किनारों पर बाढ़ आ जाती।

आम और लीची के पेड़ धुल कर निखर गऐ थे। साल और शीशम हवा के झोंकों से झूम रहे थे। पीपल के पत्ते नाच रहे थे। बरगद की जड़ों ने जी भर कर पानी पिया। नीम से मदमाती गंध आने लगी। गिलहरियाँ कृष्णा की शाखाओं के बीच अपने छिपने की जगह तलाश रही थीं। तोते अमरूद के झुरमुटों में दावत उड़ा रहे थे।

मैं बारिश में भीगता हुआ घर लौटा। घर? क्या मैंने घर कहा? हम्म, मेरा नन्हा-सा फ़्लैट अब मेरा घर बन गया था। सीताराम और उसके जिरेनियम, मेरी मकान मालकिन और मेरे पड़ोसी। यहाँ तक कि दीवारों की छिपकलियाँ भी पहचानी जा सकती थीं, हर किसी की अपनी एक पहचान और व्यक्तित्व था। सीताराम ने उनमें से एक को इस तरह प्रशिक्षित कर दिया था कि वह उसके हाथ से खाना ले जाती थी। पहले तो वह लम्बी पतली डंडी के कोने पर मीट बाँध कर उसे खिलाया करता। छिपकली अपना निवाला लपक लेती। इसके बाद वह हर रोज़ छड़ी की लम्बाई घटाता गया। छिपकली से पहचान बढ़ती गयी और वह छोटी डंडी से खाना लेती रही। एक दिन उसने उस लड़के के हाथों से अपना निवाला खाया। मुझे छिपकलियों को खाना खिलाने में कोई दिलचस्पी नहीं थी। वैसे भी एक दिन आधी रात को उनमें से एक छपाक से मेरे माथे पर आ गिरी और मेरी मकान मालकिन ने बताया था कि कैसे एक परिवार की मिक्स वैज करी में छिपकली गिरने से सारा खाना ज़हरीला हो गया था, जिसे खाने से सबकी मौत हो गयी।

मद्रास कैफ़े हाउस में काम करने वाले पड़ोसी ने मुझे बताया था कि दक्षिण में छिपकली के गिरने के भी बहुत सारे शकुन या संकेत होते थे। खासतौर पर शरीर के किसी अंग पर गिरने के शकुन को विस्तार से बताया गया था। उसने बताया कि मैं किस्मतवाला था कि यह मेरे माथे पर गिरी, अगर यह पेट पर गिरी होती तो मुझे बदकिस्मती का सामना करना पड़ सकता था। पर मैं कोई खतरा मोल लेने को तैयार नहीं था। छिपकलियाँ मज़े से सीताराम के हाथ का खाना खा सकती थीं पर मैं उनके साथ कोई जान-पहचान करने के मूड में नहीं था।

मानसून की पहली बारिश में अपने कपड़े भिगोने के बाद, मैं गाना गाता हुआ अपने घर की ओर बढ़ा। कमरा खाली था। छत से सीताराम के गाने की आवाज़ आ रही थी। मैं किसी तरह लोहे की पुरानी सीढ़ी से ऊपर तक गया और देखा कि वह बड़े ही मज़े से कपड़ों के बिना बारिश में नहा रहा था।

''आओ, आप भी नहा लो,'' वह चिल्लाया। ''मानूसन की पहली बारिश में नाचना बड़ा अच्छा होता है।''

''तुम सड़क के उस पार वाली छतों से दिख रहे होगे,'' मैंने कहा।

''कोई बात नहीं, देखकर नहीं लगता कि मैं 1955 का सबसे सेक्सी मर्द हूँ।''

''मैं तुमसे 1956 में मुलाकात करूँगा,'' मैंने कहा और नीचे चल दिया।

अभी 1955 ही चल रहा था और मानसून के बीच, सीताराम ने तय कर लिया कि वह सरकस के लिए काम करते हुए, देहरा छोड़ देगा। दक्षिण के 'गुलाबों' का इस निर्णय में गहरा हाथ था। मुझे पक्का यकीन नहीं था कि वह किसी खच्चरवाली छोकरी के चक्कर में था या उसे ट्रैपीज़वाली लड़की से प्यार हो गया था।

शायद दोनों से ही; शायद उन सबसे ही। वह उस आयु से गुज़र रहा था जब काम ऊर्जा अपने लिए माध्यम चाहती है और उन सरकस सुन्दरियों तक पहुँच आसान हो चली थी। वे उन शर्मीली कॉलेज गर्ल्स से कहीं ज़्यादा ग्लैमरयुक्त थीं, जिन्हें हम रोज़ देखते थे।

''तो तुम मुझे छोड़कर जा रहे हो?'' मैंने उसकी योजना सुनकर कहा।

''बस कुछ महीने की बात है। इस बहाने अपना देश देख लूँगा।''

"एक बार सरकस के साथ निकला, तो हमेशा के लिए उसका ही हो जायेगा।"

"तुम्हारे पास तो इन्दु है।"

"मेरे पास नहीं है, सुना है वह उस क्रिकेटवाले राजकुमार से ब्याही जा रही है। मुझे तो इन सारे क्रिकेटवालों से सख़्त नफ़रत है।"

"तुम कहीं ज़्यादा सुन्दर हो।"

"पर मैं राजकुमार नहीं! मेरे पास पैसा नहीं, मैं क्रिकेट नहीं खेलता। वैसे स्कूल में खेलता था, पर वे मुझे हमेशा बारहवाँ खिलाड़ी बना देते थे, यानी सबके लिए वेटर की तरह ड्रिंक्स लाते रहो। कैसा बेहूदा खेल है!"

"मानता हूँ। फुटबॉल कहीं बेहतर माना जा सकता है।"

"कहीं ज़्यादा मर्दाना खेल है पर इसमें ग्लैमर नहीं है, ना!"

सीताराम ने कुछ पल विचार के बाद अपनी कीमती राय ज़ाहिर की।

"इन्दु को जीतने के लिए पहले उसकी माँ का दिल जीतना होगा।"

"और यह कैसे कर सकता हूँ? वह तो किसी ड्रैगन से कम नहीं है।"

"अच्छा, तुम भी इसी तरह पेश आओ, जैसे तुम भी ड्रैगन हो।"

~

मैं इंडियाना में बैठा कॉफ़ी पी रहा था, तभी इन्दु की माँ आती दिखी। वह अकेली थी (शायद इन्दु अपने राजकुमार के साथ होगी। वह उसे अंडर-ऑर्म गेंदबाज़ी सिखा रहा होगा)। मैंने गुड मॉर्निंग के बाद पूछा कि क्या वह मेरे साथ एक कप कॉफ़ी पीना चाहेगी। हैरानी की बात यह रही कि उसने हामी भर दी। लैरी गोम्स बजा रहा था, 'लव इज़ मैनी-स्टलैंडर्ड थिंग' और महारानी की आँखें सपनीली और थोड़ी नशीली दिख रही थीं। पर वह कहीं से भी आकर्षक नहीं लग रही थी। उसकी आँखों के पपोटे सूजे हुए थे (क्या वह पीकर आयी थी?) और त्वचा बड़ी खुरदरी हो गयी थी (शायद कई तरह के स्किन लोशन्स की मेहरबानी) और उसकी ठुड्डी दोहरी हो चुकी थी। क्या इन्दु भी एक दिन ऐसी ही दिखने लगेगी?

उसने कॉफ़ी पीकर पूछा कि क्या मैं उसके साथ सैर पर जाना चाहूँगा। मुझे लगा कि वह मुझे कार में अपने घर तक ले जायेगी। मैं रेस्तराँ से उसके साथ बाहर निकला तो लैरी गोम्स ने अपने चश्मे के तले से मुझे बेचैनी से घूरा और फ़्यूनरल मार्च की धुन बजाने लगा।

कह सकते हैं कि यह काफ़ी हद तक मेरी शवयात्रा ही थी। क्या आपने कभी किसी ड्रैगन को प्यार किया है—वह भी पपड़ीदार? महारानी जैसी राक्षसी ने इतनी सुन्दर, कोमल, ज़िन्दादिल और फुर्तीली लड़की इन्दु को कैसे जन्म दिया होगा? मानो किसी ने एक कद्दू, करेले और सड़े हुए खीरे से एक स्वादिष्ट व्यंजन तैयार कर दिया हो।

महारानी ने मुझे व्यंजन देने से इनकार कर दिया था, पर वह मुझे उसकी सामग्री देने को तैयार बैठी थी।

वह मुझे अपनी छोटी स्मार्ट सनबीम-टालबोट में अपने घर ले गयी और जल्द ही मैंने अपने-आप को उसके सोफ़े पर पाया, मेरे हाथ में कैरीज़ जिन (Carew's Gin) का गिलास थमा दिया गया और फिर मैंने पाया कि मेरा दूसरा हाथ एक मगरमच्छ जैसी खाल यानी उसके हाथ में था!

मेरी रीढ़ की हड्डी में सरसराहट-सी दौड़ गयी। उसने सोचा कि वह कँपकँपी उत्तेजना की वजह से हो रही होगी। वह मेरी कान की लौ से खेलने लगी। मेरा कान उसकी सोने की दो चूड़ियों में उलझ गया और जब मैंने सिर झटका तो कान बुरी तरह से कुचला गया। जिन पतलून पर छलक आयी थी, मैंने अपना गिलास मेज़ पर रख दिया। ज्यों ही मैंने गिलास रखा, महारानी मुझसे लिपट गयी और मुझे एहसास हुआ कि वह सोफ़ा हम दो लोगों के लिहाज़ से छोटा था। वैसे भी उसमें धँसने के बाद, उसमें से इतनी आसानी से बाहर नहीं आया जा सकता था।

मुझे कभी एहसास तक नहीं हुआ था कि यह पुराने ज़माने की क्रिसमस पुडिंग मेरा ये हाल करेगी। मैं तो यही सोचता आया था कि अधेड़ आयु की माताओं के मन में शारीरिक वासना नहीं रहती। पर यह उनमें से नहीं थी।

उसने मुझे आराम से बैठने दिया।

"मैं एक बाल मनोचिकित्सक हूँ, तुम्हें पता है।"

"पर मैं इक्कीस साल का हूँ।"

"तभी तो तुम्हें अच्छी तरह सँभाल सकती हूँ, प्यारे!"

"यूअर हाईनेस," मैंने कहा।

"डार्लिंग ऐसे मत कहो। मेरा घरेलू नाम लिज़ है।"

"लिज़र्ड के नाम पर रखा है!"

"नटखट! यह नाम क्वीन एलिज़ाबेथ के नाम पर रखा गया। और उसने मेरी जाँघ पर तेज़ चुटकी काटी। 'तुम तो कविता लिखते हो, लिखते हो ना। अपनी कोई कविता सुनाओ'।"

"तुम्हें चाहिए 'मूनलाइट और रोज़िस'।"

"नहीं, मैं चाहती हूँ, 'सनशाइन और कैक्टी'।"

"ओह, यह तो मज़ेदार है।" मैं उसे कुछ ऐसा सुनाना चाहता था जिसे सुन कर वह खुश हो और उसकी लल्लो-चप्पो भी न करनी पड़े। मैंने अपनी सबसे नयी तुकबन्दी सुनाई :

There was a fat man in Lucknow
Who swallowed six plates of pillau,
When his belly went bust
(As distended, it must)

His buttons rained down upon Mhow

(लखनऊ में एक मोटा आदमी था। जो छह प्लेट पुलाव निगल गया, जब उसका पेट फटा तो उसके बटन उड़ कर महु (नदी) जा पहुँचे।)

उसने तालियाँ बजाईं और किलकारी-सी मार कर बोली, "बटन, बटन!" और उसने मुझे दबोच लिया (उन दिनों हम ज़िप का इस्तेमाल नहीं करते थे।)

मैंने सोफ़े से उठना चाहा पर उसने दोबारा नीचे खींच लिया।

"तुम तो इनाम के हकदार हो। उसने कहा और साइड टेबल पर रखे डिब्बे से मुट्ठी भर कर जौ की मिठाई निकाल ली। "पता है यह सीधी कलकत्ते से आयी है, अपना मुँह खोलो।"

मैंने पूरी शराफ़त से मुँह खोल दिया। पर मुझे मिठाई खिलाने की बजाय उसने अपने बड़े-बड़े होंठों को मेरे होंठों से लगा दिया, उफ्फ चूसने वाले पम्प जैसे होंठ, फिर उसने अपनी छिपकली जैसी लम्बी सरसराती जीभ मेरे गले के नीचे तक उतार दी। उसकी मगरमच्छ जैसी अँगुलियाँ मेरी देह पर तैर रही थीं, भले ही मेरे बटन महु न पहुँचे पर मसूरी जाकर तो गिरे ही होंगे।

आप ऐसे हालात में क्या कर सकते हैं? कुछ खास नहीं, सच। आप ऐसे मामले में, सक्रिय साथी को ही पारी सँभालने देते हैं—मगदौर की पैसेवाली महारानी। वह निश्चित तौर पर मर्दों को उकसाने में माहिर थी। एक हिचक भरी शुरुआत के बाद, मैं भी यह कल्पना करने को तैयार हो गया कि मैं दूसरा मगरमच्छ था। मैं जल्दी ही उसके चक्कर में आकर अपना कुँआरापन गँवा बैठा।

इसके बाद मुझे जौ की मिठाई के साथ टर्किश कॉफ़ी पेश की गयी।

उसने मुझे घर तक छोड़ने का प्रस्ताव रखा, पर मैंने कहा कि मैं पैदल जाना चाहता हूँ। वैसे तो मैं अच्छा महसूस कर रहा था, पर अपने दिमाग को शान्त करने के लिए थोड़े समय की ज़रूरत थी। मेरी सोच चकरघिन्नी बनी हुई थी। मैं महारानी की बेटी को प्यार करता था, मैं उसका प्रेमी कैसे बन सकता था? प्रेम कविताएँ इन्दु के लिए और तुकबंदियाँ उसकी माँ के लिए?

मैंने अपने विलियम ब्राउन अन्दाज़ में ज़ोर से कहा, "दुनिया में कहीं भी न्याय नहीं है। यह न्याय नहीं है। और जैसा कि पोपाय कहता, यह तो डिस्गास्टिपेटिंग (अप्रिय) है!'

जब मैं गेट बन्द कर, फुटपाथ पर बाहर निकला तो सामने से इन्दु

आती दिखी जो अपने प्रिंस के साथ मोटर बाइक पर थी। उसे देखते ही मन अपराधबोध से भर उठा। वह मुझे देखकर मुस्कुराई और मन-ही-मन मैं उसकी और उसकी माँ की तुलना करने लगा। क्या वह बीस साल बाद महारानी जैसी दिखने लगेगी? मैंने कभी उसके पिता को नहीं देखा (मगदौर के स्वर्गीय महाराज) पर उनकी तस्वीरों को देखकर लगता था कि वे बहुत सुन्दर रहे होंगे और इन्दु उन पर ही गयी थी।

मैंने उसे और उसके साथी का विनम्रता से अभिवादन किया (बेशक मेरी नानी का असर मुझमें बाकी था) और फिर मैं मर्यादित गति से बाज़ार की ओर चल दिया। मेरे पास कार भले ही नहीं थी पर मैं अपनी टाँगों का भरपूर इस्तेमाल तो कर ही सकता था। क्या यह क्रिकेट लीजेंड अपने छोटे से कैरियर के दौरान अपनी कई सारी हड्डियों के जोड़ नहीं तुड़वा चुका होगा? वैसे भी क्रिकेट की गेंद के पीछे भागना यानी हर्निया को बुलावा देना, मैंने खुद से कहा और फिर उस महिला के सम्मान में कोई तुकबन्दी बनाने के बारे में सोचने लगा जिसने अभी-अभी अपने अत्याचार सहित मुझे अपना प्रेमी बना लिया था। उन दिनों एमनेस्टी इंटरनेशनल नहीं था, इसलिए मुझे स्वयं ही अपना बचाव करना था। मैंने ये लाइनें लिखीं :

They called her the Queen of the Nile,
For she walked like a fat crocodile.
But she said, 'You young bugger,
I'll make you my mugger,'
And took me to bed with a smile.

(वे उसे नील की महारानी कहते थे, क्योंकि वह मोटे मगरमच्छ की तरह चलती थी। पर उसने कहा, 'जवान छोकरे, मैं तुम्हें अपना लौंडा बना लूँगी' और वह मुस्कुरा कर मुझे पलँग तक ले गयी।)

हम सभी को किसी ऐसे दोस्त की ज़रूरत होती है, जिसे सब बताया जा सके, जिसके आगे अपनी हर गलती कबूल की जा सके, दुख के समय सहानुभूति की अपेक्षा की जा सके। सीताराम मेरा इकलौता ऐसा आत्मीय बन गया था और उसने शाही घराने की उस महिला और मेरे साथ हुई उस घटना के एक-एक शब्द को साँस रोककर सुना। पर उसे मुझ पर तरस नहीं आया। उसने छूटते ही कहा :

''मुबारक हो, उल्लू का पट्ठा!''

''ऐसे आशीर्वचन क्यों दिए जा रहे हैं?'' मैंने पूछा।

''क्योंकि अब तुम बच नहीं सकते। वह तुम्हें चूस लेगी।''

''चुड़ैल न हो तो! बेशक।''

''ऐसी बातें मत करो—तुम जानते हो कि मैं क्या कह रहा हूँ। जब कोई

बूढ़ी औरत किसी नौजवान का हाथ थामती है तो वह तब तक उसे जाने नहीं देती, जब तक वह उसके लिए नाकारा नहीं हो जाता या किसी और के काम का नहीं रहता! बेहतर तो यही होगा कि तुम मेरे साथ सरकस में चलो।''

''सरकस में क्या करूँगा। जानवरों को चारा डालूँगा?''

''हम्म, उन्हें मालिश के लिए बन्दा चाहिए।''

''मैं भी हमेशा मालिशवाला बनने की कल्पना करता आया हूँ। वैसे मुझे किसकी मालिश करनी होगी—करतबबाज़ों की, नाचने वाली लड़कियों या ट्रैपीज़ कलाकार लड़कियों की?''

''हाथियों की, वे लेट जायेंगे और तुम्हें उनकी टाँगों और पुट्ठों की मालिश करनी है।''

''मैं तो महारानी के साथ ही ठीक हूँ। हालाँकि उसकी चमड़ी भी कुछ ऐसी ही है पर इतनी बुरी भी नहीं है।''

''ठीक है जो जी में आये करो...देखो, कितना सुन्दर पेड़ लाया हूँ। क्या तुम मेरे जाने के बाद इसकी देखरेख करोगे?''

यह गमले में लाल कनेर का पौधा था। फूल खिलने की तैयारी में था। हमने उसे बालकनी में गुलाब और जिरेनियम की झाड़ियों के पास रख दिया। वहाँ और भी कई रंगों और कई तरह के पौधे अपने लिए जगह बना चुके थे और बरामदे में फूलों की बहार छाई हुई थी।

''मैं इनका ध्यान रखूँगा,'' मैंने कहा। ''जब तक मकान मालकिन निकाल नहीं देती। कई महीनों से किराया नहीं दिया।''

''अपने दोस्तों को उधार मत दिया करो। उस स्विस लड़के को तो बिलकुल मत देना। उसने मेरे माँ-बाप को पिछले दो महीनों से कपड़ों की धुलाई के पैसे नहीं दिए। हर जगह उधार माँगता फिरता है। एक दिन वह निकल जायेगा और साथ ही तुम्हारा पैसा भी छू-मंतर हो जायेगा। अब उसे यहाँ रोकने के लिए कुछ नहीं बचा।''

''मुझे भी यहाँ रोकने के लिए कुछ नहीं बचा।''

''तुम इस जगह से जुड़े हो, तुम्हारा यहीं जन्म हुआ। तुम सदा यहीं रहोगे।''

यह वही जगह थी, जहाँ मैं पला-बढ़ा—मेरी माँ, उनके माता-पिता का घर—पर मैं सदा अपने पिता के साथ खुश रहा, उनके साथ युद्ध के दौरान दिल्ली या कराची की बाहरी सीमा में कैम्प में रहना हो; या पुरानी दिल्ली के खंडहरों—हुमायूँ का मक़बरा, पुराना किला या कश्मीरी गेट की सैर हो; उनके साथ सिनेमा में 'सन वैली सैरनेड' में स्केटिंग सुन्दरी सोनजा हेनी को देखना हो; या 'वोल्गा बोटमैन एंड राइड', 'कोसाक' व 'राइड इन बालालाइका' में नेल्सन एडी को सुनना हो या 'डाउन अर्जेन्टाइन वे' में कैरेमन मिरांडा का डांस देखना या फिर 'ऑन द रोड टू ज़ंज़ीबार' या मोरक्को या सिंगापुर में होप व क्रॉसबी; शिमला में रिक्शे की सवारी; डेविकोज़ की आईसक्रीम; कॉमिक्स—फ़िल्म 'फन' और 'हॉटस्पर'...। और वे रंगीन पोस्टकार्ड, जो वे अक्सर मुझे सप्ताह में एक बार भेजते थे। स्कूल में अक्सर डाक बँटते समय मेरी उत्सुकता देखने लायक होती।

पर मुझे अपनी माँ की विषयों के प्रति आसक्ति भी काफ़ी हद तक विरासत में मिली, जीवन के लिए उनकी गैर-पारम्परिक सोच, उनकी ओर से ऐसे काम करने की ज़िद जो अक्सर प्रतिष्ठित वर्ग करना पसन्द नहीं करता था...शायद उन्होंने ये गुण अपने पिता से विरासत में पाये, वे एक खुशनुमा शख्स थे और सब से मिलकर रहते थे। कुछ खास लोगों के लिए सदमे की वजह नहीं बनते थे।

मुझे पूरा यकीन है कि मेरे पढ़े-लिखे बुद्धिजीवी पिता के लिए मेरी माँ भरपूर योग्य नहीं थी; वे उन्हें लेडी बनाकर रखना चाहते थे। पर यह माँ के स्वभाव में ही नहीं था। उन्हें तो शराब पीना और अपशब्द कहना भाता था। देहरा के प्रिय समाज की औरतों को यह कभी पसन्द नहीं आया। न ही उन्होंने इस बात को मंज़ूरी दी कि माँ हैट पहने बिना चर्च जाये। उन दिनों ऐसा करना बहुत अपमानजनक माना जाता था। अक्सर उनके खिलाफ़ चर्च के सदस्यों और खासतौर पर महिलाओं की ओर से शिकायती पत्र आया करते।

नतीजतन, माँ ने चर्च जाना ही छोड़ दिया और मुझे यह आदत कभी पड़ी ही नहीं। उनकी बहनों में, केवल बड़ी बहन एनिड को छोड़कर, बाकी पारम्परिक स्वभाव की थीं जिन्हें पति भी अपने मिज़ाज के ही मिले। एनिड

आँटी का विवाह एक डॉक्टर से हुआ, वे पहले आओ और पहले पाओ के नियम का पालन करती थीं। अगर जेब में कुछ हो तो उन्हें इस बात से कोई अन्तर नहीं पड़ता था कि वह आदमी कैसा था। वे अपने जीवन का भरपूर आनन्द उठातीं और युद्ध के उन दिनों में, ऐसे लोगों की कमी नहीं थी जो उन्हें अपना मैस्कॉट (सौभाग्य लाने वाला) बनाना चाहते थे। उनकी एक बेटी सैली मेरी हमउम्र थी। वह दिखने में टॉमब्वॉय सरीखी थी। सैली और मैं नानी की फूलों की क्यारी में कुश्ती लड़ते और एक-दूसरे की शरीर रचना में बहुत दिलचस्पी रखते थे। हमारी उम्र छह या सात के करीब रही होगी, यह सब बहुत ही निष्पाप खेल था—या फिर रति-क्रीड़ा भी कह सकते हैं। हम एक-दूसरे की लॉलीपॉप चूसते थे और ऐसा करने में हमें जो आनन्द आता था, वह कुछ और करने में कभी नहीं आया।

ऐसी आज़ादी के बीच पलने की वजह से मुझे सीताराम के साथ रहने में भी कोई परेशानी नहीं थी जो अपने-आप में एक आज़ाद पंछी-सा था। मुझे महारानी के बारे में तो कोई संदेह नहीं था, पर आँटी एनिड के बारे में शक था कि वे इसे अपनी मंजूरी देतीं या नहीं। जैसा कि सीताराम को भय था, क्या महारानी मुझे भी निर्ममता से परे फेंक देगी या वह अभी से अपने दूसरे शिकार की तलाश में जुट गयी थी? अगर वह एनिड आँटी जैसी हुई तो बेशक वह दूसरे साथी की खोज में जुट गयी होगी।

सरकस के तंबू उतारे जा रहे थे और परेड ग्राउंड पहले की तुलना में और भी शान्त दिख रहा था। कुछ लड़के पास ही फुटबॉल खेल रहे थे और कुछ पतंग उड़ा रहे थे। मानसून का आरम्भ पतंग उड़ाने का मौसम था, इस समय हवा तेज़ नहीं होती और पतंग बहुत सही उड़ती है।

धामावाला बाज़ार के पुराने हिस्से में, पतंगों की दुकान हुआ करती थी (जब मैं पाँचेक साल पहले उस इलाके में गया, तो तब तक वहीं थी) और मैं उसका चक्कर लगाता हुआ घर पहुँचा। उस दिन मैंने दुकान से गुलाबी रंग की बड़ी-सी पतंग ली। मुझे लगा कि सीताराम को बरसात में छत पर नाचने के सिवा पतंग उड़ाना भी पसन्द होगा। पर जब मैं घर गया तो पता चला कि वह जा चुका था। उसके माता-पिता ने बताया कि वह जल्दबाज़ी में निकला क्योंकि सरकसवालों ने दोपहर को अमृतसर के लिए गाड़ी पकड़ ली थी। वह अपने

साथ अपने कपड़ों और बाथरूम के टूटे शीशे के सिवा कुछ नहीं ले गया था फिर भी सारा घर उसके बिना बड़ा ही सूना और खाली दिख रहा था। बालकनी के पौधे उसकी याद दिला रहे थे।

मैंने सोचा कि मकान मालकिन के बेटे को पतंग दे दूँगा पर ये भी पता था कि वह दुष्ट मौका पाते ही उसे एक मिनट में फाड़ देगा, इसलिए मैंने उस पतंग को कमरे की दीवार पर एक कील से लटका दिया और सोचा कि यह पिकासो से भी सुन्दर दिखेगी, हालाँकि उसका एंगल वैसा नहीं था, जो जय शंकर के हिसाब से हो सकता था।

मैं अभी वहीं खड़ा, उसे सराह ही रहा था कि बाहर से खटखटाने की तेज़ आवाज़ सुनाई दी (जैसे *मैकबेथ* में दरवाज़े की खटखटाहट, अँधेरे का पूर्वाभास है) और मैं उसे खोलने मुड़ा व सोचने लगा कि मैंने उसे बन्द ही क्यों किया, जो कि मैं अक्सर नहीं करता था, उस खटखटाहट में ऐसा कुछ था जिसे सुनकर मैं हिचकिचा-सा गया।

खटखटाहट भी कई तरह की होती है—संकोची खटखट, आत्मविश्वास से भरी खटखट, दोस्ताना खटखट, अच्छी खबर वाली खटखट, बुरी खबर वाली खटखट, कर संग्रह करने वाले की खटखट, पुलिसवाले की पेशेवर खटखट, किसी शराबी की धीमी और लगातार आने वाली खटखट, मकान मालकिन की खटखट जिसे सुन कर आप अन्दाज़ा लगा सकते हैं कि यह उसका ही घर है और बच्चों की खटखट, जो दरवाज़े के निचले हिस्से में धड़ाम के स्वर के साथ सुनाई देती है।

मैं अलग तरह की खटखटाहटों को पहचानने लगा था, पर यह तो अनचीन्ही थी। यह तो बड़ी ही मालिकाना, भारी, कामुक, दंभी और निडर टाइप की खटखटाहट थी। मैंने मेज़ पर कुर्सी रखी और उस पर चढ़कर संतुलन साधते हुए, अधखुले रोशनदान से झाँका।

वह तो इन्दु की माँ थी। उसकी इत्र की गंध के कारण मैं कुर्सी से गिरते-गिरते बचा। उसकी छाती जाने किस अपेक्षा और आने वाले पलों की आस में तेज़ी से उठ-गिर रही थी, आँखें किसी लकड़बग्घे की तरह चमक रही थीं और उसके मगरमच्छनुमा हाथ सफ़ेद दस्तानों में छिपे थे!

मैं दबे पाँव कमरे से बाहर आया और बालकनी की ओर चला गया। अगली बालकनी पर पड़ोस की नौकरानी कपड़े सुखा रही थी।

मैंने उसे कहा, "भगवान के लिए, वह औरत जो मेरे घर का दरवाज़ा पीट रही है। उसे जाकर कह दो कि मैं घर में नहीं हूँ।"

"कौन है वह?"

"अगर जानना ही चाहती हो तो सुनो, वह एक राक्षसी है!"

"फिर तो मैं उसके पास नहीं जाने वाली!"

"अच्छा, क्या तुम मुझे अपने घर से बाहर जाने में मदद कर सकती हो? क्या घर में कोई है?"

"नहीं, पर जल्दी आओ। क्या तुम इस दीवार पर चढ़ सकोगे?"

उस पार्टीशन में इतनी जान नहीं लग रही थी कि मेरा भार सह सके इसलिए मैं बालकनी की दीवार से चिपक कर धीरे-धीरे आगे बढ़ने लगा और पड़ोसी की बालकनी तक आ गया। उसने मेरी मदद की। उसके हाथ कितने प्यारे थे! ऐसा कैसे सम्भव था कि काम करने वाली के हाथ इतने प्यारे थे और उस शाही औरत के हाथ की खाल मगरमच्छ जैसी थी! यह शायद क्षतिपूर्ति का नियम था; प्रकृति आप ही हर चीज का खयाल रख लेती है।

"तुम्हारा नाम क्या है?" मैंने हौले से पूछा। वह मुझे पिछली सीढ़ियों की ओर ले गयी।

उसने दिपदिपाती मुस्कान के साथ जवाब दिया, "राधा।"

"तुम उस राक्षसी को बाहर ही रहने दो। मैंने उसका हाथ दबा कर कहा, "फिर मिलता हूँ।" इसके बाद सीढ़ियों से ऐसे उतरा मानो मेरे पीछे मधुमक्खियाँ पड़ी हों।

मेरी मकान मालकिन के बेटे की साइकिल बरामदे में खड़ी थी। मैंने उसे दो घंटों के लिए उधार लेने का निर्णय किया।

फिर मैं तब तक तेज़ी से साइकिल चलाता रहा, जब तक मैं शहर से बाहर नहीं आ गया। फिर मैं हरिद्वार रोड की ओर, साल के जंगल की ओर जाने

वाली पगडंडी पर मुड़ गया। मुझे लगा कि मैं वहाँ सुरक्षित था पर जल्द ही मुझे महारानी की सनबीम–टलबोट की आवाज़ सुनाई दी। पीछे मुड़ कर देखा कि वह धूल भरे अम्बार से आगे दौड़ी आ रही थी। ऐसा लग रहा था जैसे हिचकॉक की फ़िल्म का चेज़िंग सीन हो और मैं कैरी ग्रांट था जिसे एक नीचे की ओर उड़ रहे हैलीकॉप्टर की ओर से मशीनगन की गोली लगने ही वाली थी। मुझे अपने दाईं ओर एक और पगडंडी दिखी और मैं उधर ही मुड़ गया, तभी मैंने पाया कि साइकिल मुझसे दूर बिछुड़ गयी थी और मैं कलाबाज़ी खाते हुए जंगली झाड़ियों के पास जा गिरा। कार के ब्रेक लगने से पहियों के चीखने की आवाज़ सुनाई दी। मगदौर की दौलतमंद महारानी कार से उतरी और किसी नरभक्षी बाघिन की तरह मेरी ओर बढ़ी।

''जिम कार्बेट! आप कहाँ हो?'' मैंने धीमे सुर में कहा।

''वे तो अब कीनिया में हैं, मूर्ख।'' बाघिन ने कहा और मुझे घेरते हुए, साबुत ही निगल गयी।

मुझे हवा–पानी बदलने की ज़रूरत थी। महारानी के ध्यानाकर्षण, विलियम के उधार और इन्दु से वियोग और सीताराम से बिछुड़ने के कारण, मैं कुछ खास लिख नहीं पा रहा था। मेरा बैंक बैलेंस बहुत कम होता जा रहा था। मेरे गले में इंफ़ेक्शन हो गया था, शायद उस छिपकली की लम्बी जीभ बहुत दूर तक मेरे गले में उतरी थी। कोई दूसरा होता तो उसने उसे काट लिया होता!

बैंक में कुल दो सौ सत्तर रुपये बचे थे। हमेशा की तरह सावधानी बरतते हुए, मैंने ढाई सौ रुपये निकाले और बीस रुपये अपने रात के खाने के नाम छोड़ दिए। फिर मैंने सामान बाँधा और अपनी मकान–मालकिन के साथ संधि की कि वह देहरा में किसी को मेरा पता नहीं बताएगी और फिर ऋषिकेश के लिए बस पकड़ ली।

उन दिनों वह जगह एक छोटे से गाँव से ज़्यादा नहीं थी, यह इलाका

गंगा के किनारे तक फैला था, जहाँ से तलहटी का इलाका चालू होता था। वहाँ कुछ आश्रम, मन्दिर, छोटा-सा बाज़ार और एक पुलिस चौकी थी। आम लोगों से भगवा कपड़ों वाले साधुओं की गिनती ज़्यादा थी।

बारिश पहले से कम हो रही थी और मैंने एक रात, नदी के किनारे रेत की ढलान पर सोकर बिताई। अगली रात बारिश हुई तो मैं रेलवे स्टेशन की बैंच पर चला गया। मैं किसी आश्रम में ठहर सकता था पर किसी भी तरह के धर्म का दिखावा नहीं करना चाहता था, और किसी साधु का चेला बनने के मूड में भी नहीं था। किम के पास लामा थे, बीटल्स के पास अपने गुरु थे और दूसरों के पास भी गुरुओं और भगवानों की कमी नहीं थी, पर मैं सदा अपने-आप में ही रहने वाला हठी और अड़ियल रहा हूँ, बस अपनी ही धुन पर नाचने वाला! न किसी का चेला और न ही किसी गुरु का अनुयायी!

कुदरत का राज चलने दो! आज़ादी को गाने दो!...

और इस तरह, देहरा से मेरी स्वैच्छिक विदाई के तीसरे दिन, मैं एक ऐसी पगडंडी पर चल दिया जो पहाड़ों पर से तीर्थों की ओर जाती थी। मैं किसी मुक्ति या निर्वाण की खोज में नहीं था; मैं खुद को और अपने हालात को समझना चाहता था।

क्या मुझे देहरा में ठहरना चाहिए या दिल्ली-बम्बई की ओर पैसे की तलाश में चले जाना चाहिए? या मुझे लंदन जाकर थॉमस कुक ऑफ़िस में अपनी डेस्क सँभालनी चाहिए? ओह, एक क्लर्क की ज़िन्दगी! या शायद मुझे अंग्रेज़ी की ट्यूशन लेनी चाहिए। वैसे लगता है कि सभी को अंग्रेज़ी आती है। तो फ्रेंच के बारे में क्या खयाल है? मैंने चैनल आईलेंड पर फ्रेंच बोली सीखी थी यह असली नहीं थी पर असली और नकली के अन्तर की किसे परवाह पड़ी है!

मैंने कुछ पंक्तियों का अभ्यास किया और स्वयं को ही सुनाने लगा :

Jeune famme au rendezvous
(Waiting for her lover.)
Oh, Oui! Il va venir
(Oh, yes, he is coming!)
Enfin je Le verrai!
(Finally I shall see him!)

Pourquoi je attends?

(What am I waiting for?)

(अपने प्रिय की प्रतीक्षा में, अरे, हाँ, वह आ रहा है। मैं किसकी प्रतीक्षा में हूँ?)

अरे वाह, यह तो कमाल हो गया। मैं देख सकता था कि मेरे कमरे में यह भाषा सीखनेवालों की भीड़ लगी हुई है। वे देहरा और दूसरे इलाकों के लोग थे। पर मैं महारानी से अपना बचाव कैसे कर सकता था?

जब मैं पहाड़ी पगडंडी पर अकेला बढ़ा जा रहा था तो भविष्य भी सूना और खाली दिखने लगा। क्या मुझे सच में किसी अच्छे और सच्चे साथी की ज़रूरत थी—कोई ऐसा जिसे अपना कहा जा सके, जिसके साथ ज़िन्दगी की हर छोटी-बड़ी बात बाँटी जा सके। तभी तो लोग विवाह करते हैं! एक प्रशंसनीय संस्था, विवाह। पर मुझ जैसे लेखक से विवाह भी कौन करता, बैंक में कुल बीस रुपये और ऐसी जगह पर कोई भविष्य नहीं, जहाँ अंग्रेज़ी का दबदबा खत्म हो चुका था (मैं नहीं जानता था कि तीस साल बाद अंग्रेज़ी फिर से चलन में आ जायेगी)। कोई स्वाभिमानी लड़की मेरे जैसे नये अनाड़ी लेखक से विवाह नहीं करना चाहेगी; महारानी की बेटी इन्दु तो बहुत दूर की बात रही। मुझे पूरा भरोसा था कि उसकी माँ मुझे रहने के लिए गैराज दे सकती थी—पर वह भी कितने दिन? वह ऐसे लोगों में से थी, जो बहुत जल्दी अपने खिलौनों से ऊब जाते हैं।

मैंने खुद को समझाया कि मुझे अपने क्रिकेट के खेल को गम्भीरता से लेना चाहिए था। अच्छे कपड़े पहनने चाहिए थे। पुरानी स्कूल टाई लगानी चाहिए थी।

इस खयाल के साथ ही मैंने खुद को लकड़ी के एक छोटे से ब्रिज पर खड़ा पाया जो एक ऐसे नाले पर बना था, जो तेज़ी से बड़ी नदी की ओर भागा जा रहा था। नहीं, मैं खुद को नीचे चट्टानों पर धकेलने के बारे में नहीं सोच रहा था। यह सोच तो बहुत डरावनी थी! मैं उन लोगों में से हूँ जो जीवन का त्याग करने के सारे लोभ को दरकिनार कर, इससे चिपके रहना पसन्द करते हैं। पर अनजाने में ही, मैं पुल की लकड़ी की रेलिंग पर झुक गया था। लकड़ी गली हुई थी, उसी समय चरमरा कर टूट गयी।

मैं तीस फीट नीचे जा गिरा, किस्मत से वह नाले के बीच की जगह थी,

जिसमें पानी गहरा था। मैं चट्टानों से नहीं टकराया। पर पानी का बहाव बहुत तेज़ था और वह मुझे बहा ले गया। मैं थोड़ा-बहुत तैर सकता था (इसके लिए चैनल आईलैंड में बीते दो सालों के लिए शुक्रिया प्रभु) और इस तरह मैंने अपनी चप्पलें गँवा दीं और तैर कर किनारे आने की कोशिश करने लगा। बहाव से अलग चलना आसान नहीं होता। मैं ब्रेस्ट स्ट्रोक लगा रहा था पर जल्दी ही मेरे सामने मुसीबत आने वाली थी। अगर किनारे तक न आ पाता तो सीधा झरने की ओर बढ़ा जा रहा था। यह तो एक नौजवान लेखक का दुखद अन्त होता।

मैंने अपनी ओर से किनारे पर आने की भरपूर कोशिश की। एक चिकनी चट्टान पर हाथ टिके पर अचानक बहाव फिर से बहा ले गया। फिर अचानक एक सूखे पेड़ की शाखा हाथ आ गयी। मैं तेज़ी से तैरा पर स्वयं को पानी से बाहर ले जाने की ताकत नहीं थी।

तभी मुझे घासवाले किनारे पर अपने पिता खड़े दिखाई दिए। वे उसी तरह मुस्कुरा रहे थे जैसे उस दिन नहर के किनारे दिखे थे। क्या वे मुझे दूसरी दुनिया में आने का संकेत कर रहे थे, या वे मुझे इस दुनिया में बने रहने को कह रहे थे?

मैंने अपनी ओर से पूरा ज़ोर लगा दिया—जी, मैं जुझारू किस्म के लोगों में से हूँ—मैंने खुद को पानी से निकाला और पेड़ के उस ठूँठ को तब तक नहीं छोड़ा, जब तक मैं घासवाले किनारे तक नहीं आ गया।

मैंने उस ओर देखा तो पिता जी जा चुके थे। हवा में जंगली गुलाबों और मंगोलिया की गंध थी।

You may break, you may shatter
the vase if you will,
But the scent of the roses will linger
there still.

(तुम भले ही टूट जाओ, तुम भले ही बिखर जाओ। पर तुम ऐसे गुलदान हो जिसमें गुलाबों की गंध सदा बसी रहेगी।)

मैं एक गर्म दुपहरी में, हाल ही में हुई बारिश के बाद उमस से भरे, अधनींदे देहरा में लौट आया। नहरों के आस-पास पतंगे मंडरा रहे थे। ठहरे पानी में मच्छर जमा हो गये थे, उन्होंने अपनी ही प्रजाति को बढ़ाते हुए, हमारी प्रजाति को घटाना आरम्भ कर दिया था। किसी ने बस स्टैंड पर ही बता दिया कि महारानी को मलेरिया हो गया था; नतीजतन मैं बाज़ार से ऐसे निकला मानो पैरों में स्प्रिंग लग गए हैं, हालाँकि मेरी सस्ती नयी चप्पल पैरों को बुरी तरह से काट रही थी। पैरों के नीचे नीम की निबौरियाँ कुचल कर अपनी महक दे रही थीं। यह घर था, भले ही यहाँ नाम और पैसा नहीं था।

जब मैं एस्टले हॉल पहुँचा, तो देखा कि मेरी छत से पतंग उड़ रही थी। शायद मकान मालकिन के बेटे के हाथ लग गयी होगी। हवा में ऊपर-नीचे हिचकोले खाती पतंग ऐसी लग रही थी मानो उसमें जान आ गयी हो। हल्के

नीले आसमान में उड़ती गुलाबी पतंग!

यह तो पक्का मेरी ही पतंग थी। मेरी मकान मालकिन की इतनी मजाल, उसे ऐसा क्यों लगा कि मुझे इसकी ज़रूरत नहीं होगी। मैं झट से सीढ़ियाँ चढ़ने लगा तो अचानक गोबर में पैर जा पड़ा। मैंने मन को दिलासा दिया कि यह तो शुभ शकुन माना जाता है, कम-से-कम सीताराम की माँ का तो यही कहना था।

और शायद ऐसा ही था, क्योंकि जब मैं छत पर गया तो देखा कि सारी दुनिया से बेखबर सीताराम मेरी पतंग उड़ा रहा था।

मुझे देखते ही उसने मांजा चिमनी से बाँधा और भाग कर मेरे गले से लग गया। फिर उसने मेरे गाल पर ज़ोर से काट लिया।

"तुम सरकस के साथ नहीं हो?" मैंने पूछा।

"वह तो मैंने छोड़ दी।" और हम वहीं मुँडेर पर गप्पें मारने लगे।

"इतनी जल्दी वापस क्यों आ गये? तुम तो सरकस की छोकरियों के पीछे हर जगह जाने को तैयार थे?"

"वे सभी अंबाला में हैं। वहाँ का परेड ग्राउंड बहुत बड़ा है। पर गर्मी बहुत थी, देहरा से भी ज़्यादा गर्मी।"

"तभी तुम छोड़ कर आ गये, गर्मी की वजह से?"

"नहीं, वो चीता भी तो भाग गया था, न।"

"वह तो देहरा में भागा था! अब यह मत कहना कि वह वापस आ गया?"

"नहीं, नहीं! यह दूसरा चीता था। पता नहीं कैसे यह भी अपने पिंजरे से निकल गया।"

"कमाल है, फिर से? कहीं तुम्हारा कोई लेना-देना तो नहीं इस घटना से?"

"बिलकुल नहीं। मैं तो उस दिन सुबह, उसके पास तक नहीं फटका था।"

"किसी ने पिंजरे को खुला छोड़ दिया होगा या सही तरह से बन्द नहीं किया होगा।"

"शायद ये मिस्टर विक्टर रिंग मास्टर का काम होगा। खैर जब उसने

चीते को पिंजरे में वापस भेजना चाहा तो वह उसकी बाँह चबा गया। वह अस्पताल में है।''

''और चीता?''

''वह भाग कर गन्ने के खेतों की ओर निकल गया। उसके बाद से उसे किसी ने नहीं देखा।

''तो सरकस के दो चीते खो गये और रिंग मास्टर की बाजू गयी। क्या तुम्हारी मौजूदगी में शेर भी गायब हो गया?''

''नहीं, यह शेर तो बहुत बूढ़ा है। वैसे भी उसे कुश्तीवाली से बहुत लगाव है।

''मुझे लगा कि कुश्तीवाली को बौना पसन्द था?''

''वे दोनों उस पर मरते हैं।''

मैंने हार मान ली पर मन-ही-मन अंदेशा था कि इस दूसरे चीते वाली बात से भी सीतराम का कुछ लेना-देना था पर उसने मुझे किसी तरह यकीन दिला दिया कि वह इन कारणों से वापस आया है—पहला, गर्मी की वजह से; और दूसरा, उसे मेरी बहुत याद आ रही थी। इस तरह, अगर उसने इन बातों का क्रम बदल कर कहा होता तो शायद मैं यकीन न करता।

मैंने मकान मालकिन से घर की चाभी ली तो उसने मुझे दो लैटर भी दिए (सीताराम मेरी खोज खबर लेना चाहता था इसलिए खंभे से चढ़ कर कमरे में चला गया था।) एक लैटर में *वीकली* के सम्पादक सी. आर. मैंडी ने लिखा था कि उन्हें मेरे उपन्यास, *रूम ऑन द रूफ़* को धारावाहिक की तरह प्रकाशित करने में खुशी होगी। उसके साथ ही उन्होंने सात सौ रुपये का चैक भी भेजा था।

मैं सीताराम को चैक दिखा कर चिल्लाया, ''हम अमीर हो गये। कम-से-कम दो-तीन महीने के लिए तो हो ही गये। देखो, मैंने कहा था न कि मैं एक दिन कामयाब लेखक बनूँगा!''

''क्या ऐसे और चैक आयेंगे?''

''हाँ, जब तक मैं लिखता रहूँगा।''

''तब बैठो और लिखो।'' उसने कुर्सी खींची और मुझे जबरन डेस्क के आगे बिठा दिया।

“अभी नहीं, गधे, कल से लिखना शुरू करूँगा।”

“नहीं, अभी लिखो!”

और उसकी बात का मान रखने के लिए मैंने एक नयी तुकबन्दी तैयार की :

There was a young fellow called Ram
Who set up a frantic alarm
For he would let loose a tiger
Two bears and a liger,

Who bit off the ringmaster's arm

(राम नाम का एक था जवान, उसने लगा दिया भयंकर अलार्म। उसने खुले छोड़ दिए एक टाइगर, दो भालू और एक लीगर, जो चबा गया रिंगमास्टर की बाँह।)

लीगर क्या है?

“शेर और कुश्तीवाली के बीच का चक्कर।”

“मेरे बारे में कुछ और भी लिखो।”

“कल। चल अभी चल कर जश्न मनाते हैं।”

हम बाज़ार के पास मिठाईवाले की दुकान पर गये और जलेबियाँ खाईं। जय शंकर ने हमें वहाँ देखा और हमने फिर बहुत सारी जलेबियाँ खाईं।

इसके बाद राजपुर रोड की सैर के दौरान, हम विलियम मेथसन से मिले जिसने कहा कि उसे ड्रिंक की सख्त ज़रूरत महसूस हो रही थी। हम उसे रॉयल कैफ़े ले गये, जहाँ सुरेश माथुर पहले से चौथे आयाम में मग्न था। सबने जी भर कर पी और सारे नशे में चूर हो गये। सुरेश माथुर खुद को इतना भूल गया कि उसने ड्रिंक्स के लिए चिट साइन कर दी।

शाम ढले हम सारे इंडियाना में डिनर करने पहुँचे। लैरी गोम्स ने 'रोल आउट द बैरल' की धुन बजाने के बाद हमारे साथ बियर ली।

मैं अगले दिन लिख नहीं सका क्योंकि ज़बरदस्त हैंगओवर ने जकड़ लिया था। पर उसके बाद लिखना शुरू कर दिया और आज तक लिखता ही आ रहा हूँ।

उपसंहार

दोस्ताना स्वभाव वाले पाठक जानते हैं कि मैं पिछले चालीस सालों से लिखता आ रहा हूँ, पर उन्हें यह जानने में भी दिलचस्पी हो सकती है कि पिछले पन्नों पर बताए गये दूसरे महानुभावों का क्या हश्र हुआ।

इन्दु अपनी माँ की तरह नहीं निकली, वह अपनी उम्र बढ़ने के साथ और गरिमामयी दिखने लगी। उसने पुरकाज़ी प्रिंस से विवाह नहीं किया, जैसी कि महारानी को आस थी। एक तरह से ठीक ही हुआ क्योंकि वेस्टइंडीज़ के तेज़ गेंदबाज़ की एक गेंद ने उसकी नाक को हमेशा के लिए भद्दा बना दिया। उसने जल्द ही खेल से संन्यास ले लिया और खेल पत्रकार बन गया जो अपने साथी खिलाड़ियों और तेज़ गेंदबाज़ों के लिए बहुत ही कड़वाहट रखता था। इन्दु ने मॉरीशस के किसी होटलवाले से विवाह किया और अपना अधिकतर समय वहीं बिताती है।

मगदौर की महारानी अपने आने वाले समय में और भी दीवानगी पर उतर आयी। बोतल हाथ में आते ही उसे यकीन आ जाता कि वह पिछले जन्म में मे वेस्ट (Mae West) रही होगी। जब भी किसी अच्छे और सुन्दर दिखने वाले मर्द को अपनी ओर आते देखती तो उसका स्वागत करते हुए कहती, ''क्या जेब में गन रखते हो या मुझसे मिल कर ही खुश हो जाओगे?''

मैं उसकी मौत से कुछ महीने पहले, उससे मिला था। वह नयी दिल्ली के जाने-माने क्लब के बार में बैठी मिली और मैंने जाकर अभिवादन किया। उसने मुझे सिर से पैर तक देखने के बाद कहा, ''ओह! वही लेखक छोकरा, बंस्किन रॉन्ड, वही हो न? तुमने मुझे फुसलाने की कोशिश की थी, जब मैं लड़की थी!''

विलियम मेथसन स्विटज़रलैंड वापस चला गया। जहाँ उसने बाप की मिली दौलत पर बहुत अच्छा वक्त बिताया; पर मुझसे लिया हुआ उधार कभी वापस नहीं किया।

सुरेश माथुर पड़ोसी हिल स्टेशन मसूरी में वकालत का अभ्यास करने चला गया, एक ऐसी सैरगाह जिसे पास से देखने पर लगता था मानो पुराने बिस्किट टिनों को पीट-पीट कर बनाया गया हो। वह रात को सुन्दर दिखता था जब अँधेरे में इसकी कमियाँ छिप जाती थीं। सुरेश ने वोदका के बहुत सारे जाम भीतर उतारे और एक दिन सचमुच चौथे आयाम में चला ही गया।

जय शंकर ऑक्सफोर्ड चला गया, जहाँ उसने अपने कॉलेज के डाइनिंग हॉल के लिए एक पेंटिंग बनाई। नाव के सदस्यों को वह पसन्द नहीं आयी और उन्होंने उसे नदी में फेंक दिया। जब उसकी एक मॉडल ने ही उस पर मुकदमा ठोंक दिया तो उसने आर्ट को ही छोड़ दिया। मॉडल का कहना था कि उसने उसे तीन छातियों के साथ दिखाया था। अब वह पेरिस में रहता है और फ्रेंच में कविताएँ लिखता है।

और प्यारे सीताराम का क्या हुआ?

नहीं, उसने अपने पिता का पेशा नहीं अपनाया। वह एक और साल मेरे साथ रहा, और फिर, अट्ठारह साल की उम्र में तय किया कि वह मुम्बई में अपनी किस्मत आज़माएगा, जिसे उन दिनों बम्बई के नाम से जाना जाता था। उसने एक नामचीन अदाकारा के साथ काम किया, जिसे उसके तौर-तरीके बहुत भाये और उसकी वजह से सीताराम को उसकी फ़िल्मों में छोटा-मोटा काम मिलने लगा। इसके बाद, वह एक-एक कदम के साथ आगे बढ़ता गया और तीस की उम्र तक आते-आते, वह भारतीय सिनेमा के लोकप्रिय अदाकारों में से एक बन चुका था। उसने मुझे दो बार लिखा कि मुझे उसके पास जाकर रहना चाहिए; पर मुझे उसकी कामयाबी से थोड़ी झिझक आती थी इसलिए मैं नहीं गया। सरकस हो या फ़िल्मी दुनिया, इनकी चकाचौंध रोशनियाँ मेरे लिए नहीं थीं। लेखक को अपना एकांत ही प्रिय होता है।

बेशक, सीताराम एक नये नाम के साथ जाना गया और प्रिय पाठकों, मुझे पूरा यकीन है कि आप उसकी पहचान जानना चाहेंगे। पर मैंने इस बात को राज़ रखने का वचन दिया था इसलिए इस बात को यहीं रोक देना चाहिए। पर मैं आपको कुछ सुराग ज़रूर दे सकता हूँ; वह गाना नहीं गाता, पर नाचता बहुत अच्छा है; वह अभिनय नहीं कर सकता पर उसकी मुस्कान बड़ी सेक्सी है; भले ही सिर के बाल झक्क काले हैं पर छाती के बाल पक गये हैं। पर इनमें से अधिकतर अभिनेता ऐसे ही होते हैं, है ना?

□□□